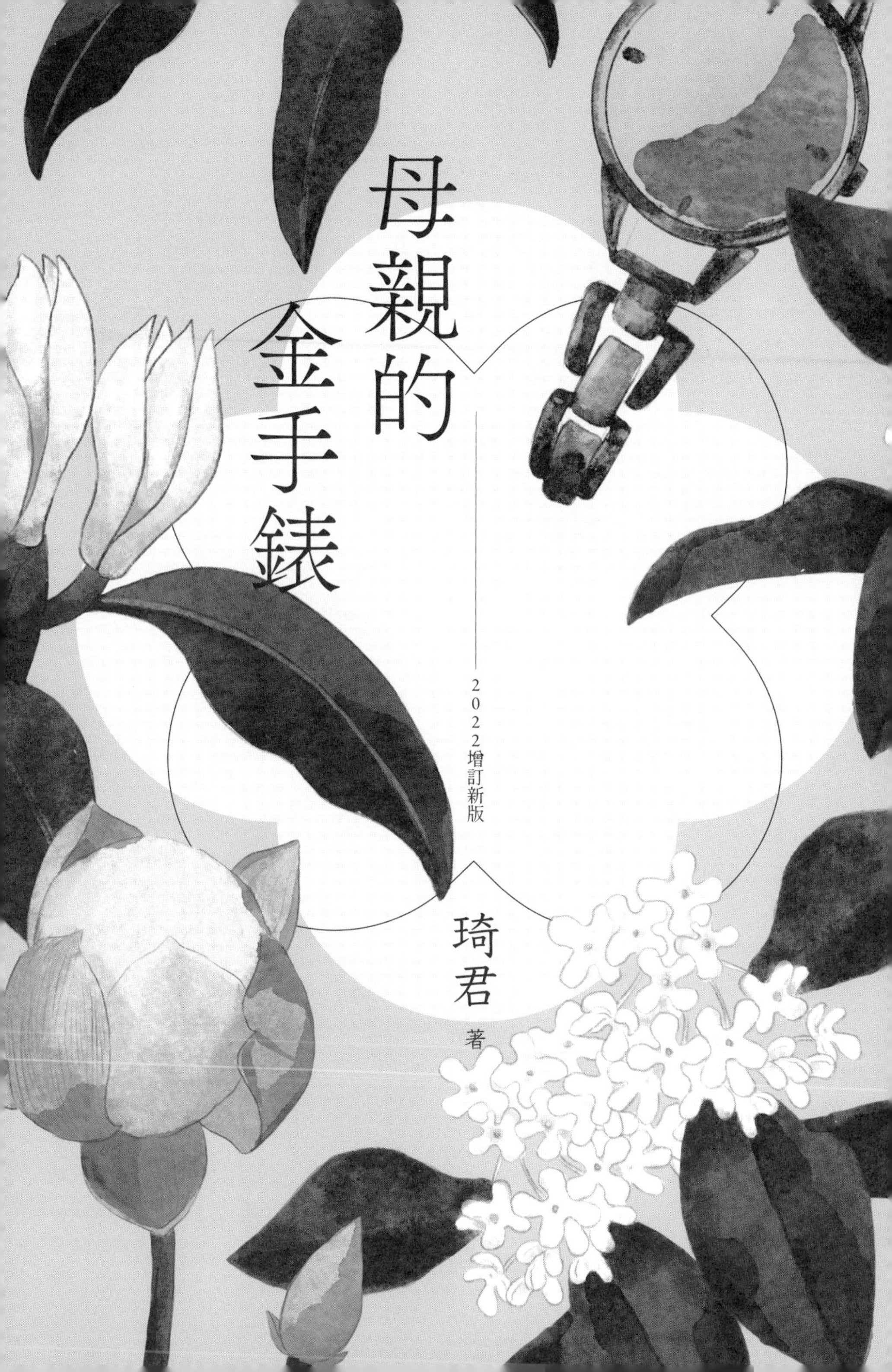

母親的金手錶

2022增訂新版

琦君 著

琦君其人其文

琦君的名字幾乎就是現代散文的代稱，儘管她被余光中列為第一代女散文家的代表，她的讀者可是一代傳一代，她的作品與時間競走，經過歲月淘洗，筆下的人物永不褪色。

民國六年，本名潘希真的琦君生於浙江永嘉，潘家是大戶，父親是帶兵打仗的儒將。她五歲認字，七歲讀唐詩、習字，十歲讀《詩經》、《論語》、《左傳》和唐宋古文。在十八歲之前已接受最完整的中文系訓練，所以她有時會懊惱當年聽從父親的安排，就讀之江大學中文系而不是選擇外文系。儘管如此，由於大學時代師承江南大詞人夏承燾的教誨，琦君的詩詞造詣之高，現代作家很難望其項背。

古典詩詞早已融入琦君的散文之中。從古典文言過渡到現代白話，琦君的文字公認是最成功的典範。在她的散文中經常出現古詩詞，卻一點也不隔閡，因為她是順著情境而寫，感傷處，古人的詠嘆正是將悲懷昇華為人生的體悟，真正做到哀而不傷。她文章最為人稱道的是溫柔敦厚。她不譴責、不控訴，而是悲憫人性的弱點，在她寫母親與二姨的文章最常看到。雖然貴為大戶人家的正室夫人，琦君的母親有著中國婦女樸實、堅忍、勤勞與慈悲的心腸。她長期忍受丈夫的冷落、另一個女人的奚落、打壓，操持家務，無怨無悔。琦君童年世界的主軸，就是大家庭裡兩個截然不同而對立的女人與一個威權男人，而哥哥早逝，更在幼小的心靈烙下哀傷的印記。

童年、憶往，人人會寫，但就如評論者所說「人人意中所有，人人筆下所無」。這當然歸功於舊文學的根柢。琦君常說古人用字精簡給了她很大的影響，而新文學的洗禮，更讓她出入今古之間優遊自如。更重要的是悲憫之心。她說她寫不來不好的事。她不是不知道人生黑暗面，來臺灣後她就在法院工作。而她卻以特有的敏感與學識駕馭洗練的文筆，譜寫溫馨的人情、栩栩如生的人物，除了父母親之外，阿榮伯、乞丐三畫阿王、外公、五叔婆等，這些在她成長過程中的重要人物不只一次出現在琦君的作品中，因為她善於挑選素材，烘托場景，相同的人物在不同的文章中出現，卻無重複之嫌，反而因此勾畫出完整的面貌。

琦君曾說：「寫作貴在『誠』字，有真心才會有真情，絕不可為文造情。」情是她文章中不變的基調，評論家夏志清就把琦君歸於以李後主、李清照為代表的抒情傳統，而成就比二李高。也因此她的文章最早也最常被翻譯成多國文字，因為她的文字最能貼近中國風土人情的美與善。

《母親的金手鐲》是《水是故鄉甜》與獲國家文藝獎的《此處有仙桃》二書精選。從難忘的往事、母親的手藝與生活隨筆，將時空定格，與讀友一起走進琦君有情世界：繽紛的童年、中國婦女質樸溫煦的剪影，以及隨處可掬的人間美善。

——編　者

目錄

輯一——水是故鄉甜

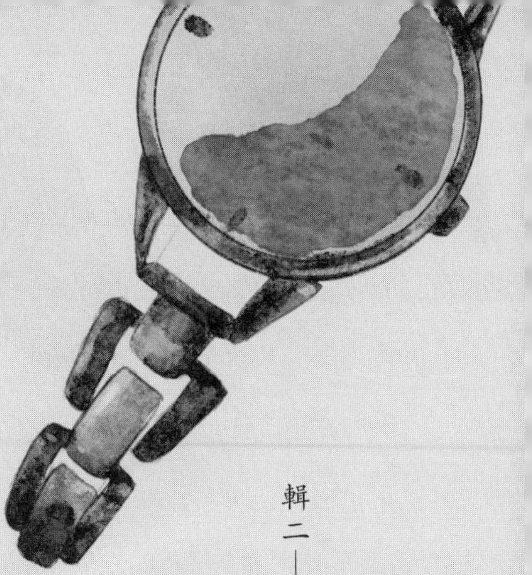

輯二——母親的手藝

輯三——異國的仙桃

特載

輯一——

水是故鄉甜

水是故鄉甜

此次經歐洲來美，一路上喝得最多的是礦泉水。因為其他各種五顏六色的飲料，價錢既貴又不解渴。只有礦泉水，喝起來清清淡淡中略帶苦澀，倒似乎別有滋味。歐洲人都喜歡喝礦泉水，據說對健康有益。尤其是義大利的礦泉水是出名的。看他們一個個紅光滿面，體魄壯健，是否礦泉水之功呢？

旅館臥房小冰箱裡，也擺有礦泉水，以便旅客隨時取飲，價錢就不便宜了。我靈機一動，從行囊中取出鋼精杯、錫蘭紅茶，和一把電匙；插上電，將礦泉水傾入杯中煮開，沖一杯錫蘭紅茶來喝，香香熱熱的，可說是旅途中最優閒舒適的享受了。

外子說礦泉水其實就是山泉，如果泡的是凍頂烏龍，那就更有味道了。我一向不懂得品茶，在旅途疲勞中，能有一杯自己現泡的熱紅茶，已覺如仙品般的清香雋永了。

他啜著茶，就想起故鄉四川的山泉來。那種山泉，隨處都有，行路之人渴了就俯身雙手從溪澗中捧起來喝個足，哪裡像現在文明時代，一瓶瓶裝起來賣錢呢。俗語說得好，「人窮志不窮，家窮水不窮」。這話我最聽得進。因為我故鄉家中的水就有三種，河水、井水、山水。山水是長工每天清早去溪邊一桶桶挑來，傾在大水池中備飲食之用，洗滌多用河水。母親為了長工挑水辛苦，叫聰明靈巧的小幫工，用一根根長竹竿，連接起來，從最靠近屋子的山邊，引來極細小的一縷清泉，從廚房窗外把竹竿伸入，滴在一隻小缸中。這才是涓涓滴滴的源頭活水，一天接不了多少。母親只舀來做供佛的淨水，然後泡茶給父親喝。「喝這樣清的山水，又是供過佛的，保佑你長生不老。」母親總是這麼說的。那時泡的茶葉，除了家鄉的明前茶、雨前茶之外，還有從杭州帶回的龍井。父親品著茶，常常說：「龍井茶，一定要虎跑水來泡才香、才道地。」母親不以為然地說：「是哪裡生長的人，就該喝哪裡的水。要知道，水是故鄉的甜喲。」母親還說：「孩子們多喝點家鄉的水，底子厚了，以後出門在外，才會承受得住異鄉的水土。」

事實上，母親也是非常愛喝虎跑水泡的龍井茶的。不過她居住杭州的時日不多，平時又很少外出，我們出去遊玩，她常捧個大玻璃瓶給我說：「舀點虎跑水回來。」我馬上接一句：「供佛後喝了長命百歲。」母親高興地笑了。

現在想起來，虎跑水才是真正的礦泉水。那時曾做過試驗，裝一碗滿滿的水，把銅元一個個慢慢丟進去，丟到十個銅元，碗口水面漲得圓鼓鼓的，水都不會溢出來。因為它含的礦物質多，比重很大。所以喝虎跑水一定是有益健康的。

父親旅居杭州日久，非常喜歡喝虎跑水烹龍井茶，但喝著喝著，卻又念念不忘故鄉的明前、雨前茶和清冽的山泉。他也思念鄰縣雁蕩山的茶、龍湫的水，真是「人情同於懷土兮，豈窮達而異心」。父親晚年避亂返故鄉，又得飲自己屋子後山直接引來的源頭活水，原該是心滿意足的，但他居魏闕而思江河，倒又懷念起杭州的龍井茶與虎跑水來。實在是因為當時第二故鄉的杭州，正陷於日寇之故吧。

我們這回在歐洲，一路飲著異鄉異土的礦泉水。行旅匆匆，連心情都變得麻木了。到了德國的不來梅，特地去探望數十年未晤面的親戚。他興奮地取出最上品的龍井茶款待我們，問他是臺灣產品嗎？他說是真正從杭州帶出來的茶葉，是一位親人離開大陸時帶給他以慰他多年鄉愁的。我本來不辨茶味，但那一盞龍井的清香，卻是永遠難忘。我們說起歐洲人喜歡喝礦泉水，他笑笑說，臺灣阿里山、日月潭、蘇澳的冷泉，不就是最好的天然礦泉水嗎？

他這話，倒使我想起，早期臺灣有一種小小玻璃瓶裝的「彈珠汽水」。瓶口有一粒彈珠，用力一壓，彈珠落下去，汽水就噴出來。味道淡淡的，不像後來的汽水那麼甜得不解渴。我因為愛「彈珠汽水」這個名稱，以及開瓶時把彈珠一壓的那點兒情趣，所以很喜歡買來喝，他常笑我犯幼稚病。後來時代進步了，黑松汽水和各種飲料充斥市面，哪還找得到「彈珠汽水」的影兒呢？但我腦海中總時常盤旋著彈珠汽水瓶那副短短脖子的笨拙樣子。尤其是早年在蘇澳遊玩時，喝的那一瓶。

臺灣這許多年來，製茶技術愈來愈精進，無論是清茶、香片、龍井等，都是名聞遐邇。尤其是南投溪頭的凍頂烏龍，更是無與倫比。旅居海外多年的僑胞，總不忘帶源自臺灣帶出來的各種茗茶，自飲之外，更以分饗友好。儘管用以沏茶的水不是從故鄉來的，但只要是故鄉的茶葉，喝起來也會有一股淡淡的甜味吧。

有一次我們在友人家，她細心地問我們要喝哪一種茶，香片、龍井、烏龍都有，她是什麼茶都喜歡。我想了半天，卻問她：「你有沒有礦泉水？」她大笑說：「你怎麼這麼特別？大家都喝熱茶，你要喝什麼礦泉水。」我只好說因為胃酸過多，喝茶不相宜。其實我是想起了在歐洲時喝的礦泉水，多少還有點故鄉山泉的味道，不知美國的礦泉水是不是差不多的。而且我也想試試自己，能不能像母親當年說的，喝過本鄉本土的水，有了深厚的底子，就能承受異國的水土了。

美國人愛喝各種果汁，大概是減肥或特別注意健康的人才喝礦泉水吧。但不知超級市場那樣大瓶大瓶的礦泉水，究竟是人工的還是天然的。如果是天然的，卻又取自何處深山溪澗呢？實在令人懷疑。

說實在的，即使是真正天然礦泉水，飲啜起來，在感覺上，在心情上比起大陸故鄉的水，和安居了三十多年第二故鄉臺灣的水，能一樣地清洌甘美嗎？

——七十三年一月十九日

貓債

小時候在家鄉，每天只要讀完書被老師放出來，就到廚房的灶下柴堆裡抱起小貓，唱著歌兒，東走西走。有一次，走近有潔癖的五叔婆身邊，她就大喊：「走開走開，你跟小貓一樣，身上的跳蚤有一擔。」我馬上覺得渾身奇癢起來，放下小貓，纏著母親給我捉跳蚤。忙做飯炒菜的母親哪有時間呢，呶呶嘴說：「到廊前太陽底下曬曬暖的外公那兒去，他會給你捉。」我說：「外公老了，手指頭不靈活，捉不到跳蚤。」就這麼纏著的時候，一不小心，碰倒了一張條凳，那沉重的木板恰巧切在地上爬行的小貓脖子上，牠立刻慘叫起來，痛苦地蹦彈起一尺多高，蹦彈了好幾下，眼看牠倒在地上，氣絕而死。我驚駭得大哭起來。五叔婆說：「一條貓九條命，這下子看你怎麼還得了這筆債。」我心裡既害怕，又傷心，看看五叔婆臉上那副表情，不知怎地越來越生氣，忽然直起脖子，衝著她喊：「你這個老太婆，我好討厭你，你走，不要你在我家。」

拍地一下，母親的一記手掌，重重地摑在我的嘴巴上，命令道：「給我跪下。」我一時嚇呆了。因為母親從不打我的，尤其從沒叫我跪過。她為了我觸犯五叔婆，這樣懲罰我，我滿心的忿怒與委屈，就不顧一切地奔出廚房，正看見了外公慢慢走過來，就一頭鑽進他懷裡，昏天黑地地大哭起來。外公輕輕拍著我，等我哭夠了，在我身邊小聲地說：「去向五叔婆賠個不是，你太沒有規矩了，所以惹媽媽生氣。五叔婆比你媽媽還長一輩，跟外公同輩的呀。」

我只好抹著眼淚，怯怯地走回廚房，看見母親沉著臉。五叔婆坐在凳子上咒罵自己不孝的兒女害她受氣，怨自己命苦。情勢這樣嚴重，我真是好害怕。想想小貓被我壓死了，五叔婆不喜歡我，媽媽又狠狠地打了我一巴掌，連外公都說我錯了。我這樣做人還有什麼意思，真恨不得掉頭就跑，跑到後山邊尼姑庵裡躲起來，躲上幾天幾夜，看他們急也不急。但是又想起媽媽為我蒸的中段黃魚，還香噴噴地悶在飯鍋裡。本來說好我吃黃魚肉，滷汁拌粥給小貓吃的。現在小貓死了，我肚子仍然很餓，一個人跑到尼姑庵裡，尼姑會給我飯吃嗎？沒有大人一起去，尼姑是不大會理我的。左思右想，還是待在家裡好。只好像爬蟲似地拖著雙腳到五叔婆面前，抽抽噎噎地說：「五叔婆，別生氣，我下回不敢了。媽媽已經打了我，我會永遠永遠記得的。」說著說著，又忍不住眼淚撲簌簌掉下來，五叔婆大聲地說：「我是好心，總勸你不要玩貓。畜生是前世作的孽，投胎做一世苦命的貓，也算還了孽債。你把牠弄死了，害牠還要再轉一世貓，你就欠牠的債了。」聽得我打起哆嗦來。母親連忙把我拉過去，用熱毛巾擦了我的臉，溫和地說：「我已經念了經，把小貓埋了，你放心吧。現在跟外公去穀倉門前曬太陽，吃晚飯時會叫你。」

我和外公靠在穀倉邊的稻草牆坐著，後門開在那裡，深秋的寒風從門外陣陣地吹進來，院子裡枯黃的樹葉在地上沙沙地捲來捲去。太陽偏西了，蛋黃色的光照著外公滿是白鬍鬚的蒼老容顏。我忽然覺得這個世界好荒涼、好冷清。外公老了，我還這麼小，我把雙手伸進外公舊棉襖的大口袋裡，囁嚅地問：「外公，小貓是我壓死的，五叔婆說一條貓有九條命，我真的會欠牠債嗎？」外公說：「你不是存心殺牠。小貓不會恨你的。媽媽已經念了往生咒，菩薩會超度牠的。」我又迫切地問：「牠還會投胎做貓嗎？」外公笑笑說：「我想不會了，牠這麼小就死了，早早了結孽債，倒也好了。」我還是很害怕地問：「那麼我會不會有孽債呢？」外公把我摟得緊緊地說：

「你放心，只要你端端正正做人，心腸好，什麼孽債都會消除的，往後不要再想小貓的事了。」

太陽已經下山，外公牽著我的小手，走回廚房。母親已經把熱氣騰騰的飯菜擺在桌子上，中段黃魚仍然放在我的面前，外公面前是雞蛋蒸肉餅。這樣好的菜，我肚子也好餓，可是在吃黃魚滷汁拌飯的時候，又不禁想起可憐的小貓來。我在心裡默默地祝禱著：「小貓，你知道我是愛你的，原諒我的粗心大意吧。從今以後，我一定要好好看顧所有的貓，因為做一世貓很苦。這裡面也許有你再投胎的呢，我一定要好好待你啊。」

我跪在長凳上喃喃地自語著，外公和母親慈祥地看著我。這幅情景，時時出現眼前。

童年時對貓許下了這樣的願心，可是長大後由於生活環境的不時變動，一直無法養貓。到臺灣很多年以後，才開始養貓，可是竟沒有一隻貓得享天年。如今一件件追憶起來，心中好難過，難道我真的欠貓一輩子的債嗎？

——七十二年歲暮於紐澤西州

不放假的春節

「今年春節，公司不放假。」他早幾天就告訴我了。我總是想，說說罷了，到時候還是會放的，一年一度中國人的大節嘛。猶太人不是什麼節都放假嗎？可是到了除夕早上，他還是一本正經地對我說：「今天下午，我仍照常在七時左右到家。」我不甘心地問：「真的連半天假都不放呀？中秋節都放半天呢。」他說：「中秋節不一樣，放半天就只是半天。除夕如果放了，第二天是初一，放不放就為難了，所以索性根本不放假，入邦隨俗呀。況且公司的業務要緊，我們老闆還出差去，年初一都不在家呢。」

我已經沒心思聽他的大道理了。只睜大眼睛望著窗外。路邊積雪堆得高高的，天空卻是一片晴朗，沒有一絲兒雪意，倒真盼望忽然下起大雪來，像上次似地。電臺電視一預報將有大風雪，為了安全，他們就提前下班了。可是今天不會下雪，他非得天黑才到家了。

其實年節對我這樣歲數的人來說，本來已很淡薄了。在臺北時，每到過年，心情反而都很沉重，總像被硬拖著跨過年關似地。嘴裡說著「恭喜」，心裡卻絲毫沒有喜的感受，只覺得年裡年外那幾天好難挨。如今身在異國，過著沒年沒節的日子，也省得煩心，豈不更好呢。可是看他提著公事包，頂著凜冽的霜風出去開車的蹣跚背影，總覺得他這樣地奔波，連大除夕、年初一都沒有休息，真是何苦來？

目送他車子遠去，環視屋外光禿禿的新栽小樹，和披著殘雪的矮灌木，沒有絲毫年景，只一片荒涼、冷清，真叫人涼到心底。想想臺北此時，巷子裡兒童嬉戲的喧譁聲，此起彼落的鞭炮聲，總給你一份熱鬧與溫暖吧。為什麼要在此度冷冷清清的年呢？

一個沒有假期的新年，這一生倒是第二次。第一次是五十多年前，我在初中二年級的時候。

那時因為政府厲行國曆，乃通令全國機關學校，農曆年不得放假。學校的寒假本來是包含農曆年的，為了非上課不可，只得把寒假切成兩段。大考完畢先放十二天假，放到農曆十二月二十三日送灶神那天回校上課。上到初六再放假十二天，總算讓你過個燈節。

記得那一年杭州也是大雪紛飛。我家離學校極近，本來五六分鐘就可到達，可是那天心不甘、情不願地就足足走了二十多分鐘，拖到學校裡，大部分的同學都遲到了。一進課堂，英文課的美籍老師已經笑嘻嘻地在講堂上等我們了。平常她是絕對不許遲到的，可是大年初一她也特別寬容。等大家坐定以後，她說了一聲 well，然後用流利而咬音不正確的杭州話說：「恭喜恭喜，大家放（發）財。」我們齊聲說：「我們不要放財，我們要放假。」她笑笑說：「我也很想放假，但是你們的政府不准放假。好，今天我們不講課文，來講古（故）事好不好？」「好」，大家高興起來了。

於是老師講了個故事：

我做小孩的時候，家境並不寬裕，爸爸是牧師，媽媽是護士，他們省吃儉用積蓄點錢，準備新年假期出外旅行。我們小孩子當然好興奮。早幾天就把自己小小的旅行箱整理好了。誰知就在除夕那天，鄰居的孩子得了急性肺炎，要立刻送醫院。他們比我們更沒錢，於是我父母親就把打算去旅行的錢全部給了他們，我媽媽還去醫院照顧她，連飯都沒回來做。我覺得很寂寞，很不開心。爸爸捏著我的手，溫和地對我說：

「你應該慶幸自己身體健康，才能夠蹦蹦跳跳地玩。想想你們的朋友，躺在床上發高燒，多麼不舒服？他的父母又是多麼擔憂？我們的朋友有困難時，我們應該在他旁邊多多幫忙，不應該只想到自己的享受，這就是同情心，你懂嗎？」我雖然點點頭，實在是半懂不懂，因為我們仍然很懊惱不能出去旅行。不久鄰居孩子病好了，我去看她。她比我大兩歲，我們本來就是好朋友。她把我手拉過去，從床頭拿出一樣東西，放在我手心裡說：「這是我自己用木頭雕的小馬，送給你做紀念，謝謝你爸爸媽媽對我這麼好。」她說話時眼中滿是淚水，我也感動得流下淚來。那時，我才知道自己過了一個真正快樂的新年。這隻可愛的小馬，我一直寶愛地收藏著。今天我給你們講這個故事，也特地把這小禮物帶給你們看。

老師從口袋裡摸出一個用錦盒裝的小木馬，給我們全班傳觀一遍，木馬因為時常撫摸，已變深紅色，正顯示無比深厚的友情，我們都深深感動了。老師又告訴我們，她這位朋友，是孤兒院院長，終生為貧寒兒童服務。過得健康而快樂。

老師最後回到書本上說：「《小婦人》裡的四個姊妹，抱怨聖誕節沒有禮物，抱怨工作辛苦。她們的母親勸她們要多多想到比她們更困苦的人。這是開頭的一章，你們記得嗎？」

由於老師的一席話，我們頓覺全屋子都溫暖起來。下課以後，班長提議大家捐出壓歲錢的一部分，送到青年會，轉給孤兒院。大家一起舉手贊成。叮叮噹噹的銀元角子，一下子就捐了一大袋。我們大家又把口袋裡的糖果掏出來，大家交換吃。邊吃邊唱，我們過了一個沒有放假的快樂新年。而且覺得，不放假反而好，因為到學校裡，才有這許多的朋友一同玩樂、一同吃糖果。而且還聽老師講了那麼好的一個故事，使我們多多少少懂得了，什麼樣才是真正的快樂。

時隔半個多世紀，如今追憶起這段往事，想想自己活了這一大把年紀，心胸反不及十幾歲時的寬敞知足。只不過是少放了兩天假，竟像是一生就吃了這一次大虧似的，悶悶不樂。捫心自問，這把年紀豈不是白活了嗎？

慚愧了一陣，心地反而開朗了。他於暮色蒼茫中回到家時，我已經把祭祖的菜餚與年糕水果等等，整整齊齊，擺在桌上了。

能得平平安安過年就好，不要抱怨，不要憂愁吧。

——七十三年二月十八日

母親的金手錶

母親那個時代，沒有「自動錶」、「電子錶」這種新式手錶，就連一隻上發條的手錶，對於一個鄉村婦女來說，都是非常稀有的寶物。尤其母親是那麼儉省的人，好容易父親從杭州帶回一隻金手錶給她，她真不知怎麼個寶愛它才好。

那隻圓圓的金手錶，以今天的眼光看起來是非常笨拙的，可是那個時候，它是我們全村莊最漂亮的手錶。左鄰右舍、親戚朋友到我家來，聽說父親給母親帶回一隻金手錶，都會要看一下開開眼界。母親就會把一雙油膩的手，用稻草灰泡出來的鹼水洗得乾乾淨淨，才上樓去從枕頭下鄭重其事地捧出那隻長長的絲絨盒子，輕輕地放在桌面上，打開來給大家看。然後瞇起（近視眼）來看半天，笑嘻嘻地說：「也不曉得現在是幾點鐘了。」我就說：「您不上發條，早都停了。」母親說：「停了就停了，我哪有時間看手錶。看看太陽曬到那裡，聽聽雞叫就曉得時辰了。」我真想說：「媽媽不戴就給我戴。」但我也不敢說，知道母親絕對捨不得的。只有趁母親在廚房裡忙碌的時候，才偷偷地去取出來戴一下，在鏡子裡左照右照一陣又脫下來，小心放好。我也並不管它的長短針指在哪一時哪一刻。跟母親一樣，金手錶對我們來說，不是報時，而是全家緊緊扣在一起的一種保證，一份象徵。我雖幼小，卻完全懂得母親寶愛金手錶的心意。

後來我長大了，要去上海讀書。臨行前夕，母親淚眼婆娑地要把這隻金手錶給我戴上，說讀書趕上課要有一隻好的手錶。我堅持不肯戴，我說：「上海有的是既漂亮又便宜的手錶，我可以省吃儉用買一隻。這隻手錶是父親留給您的最寶貴的紀念品啊。」因為那時父親已經去世一年了。

我也是流著眼淚婉謝母親這份好意的。到上海後不久，就由同學介紹熟悉的錶店，買了一隻價廉物美的不鏽鋼手錶。每回深夜伏在小桌上寫信給母親時，就會看著手錶寫下時刻。我寫道：「媽媽，現在是深夜一時，您睡得好嗎？枕頭底下的金手錶，您要時常上發條，不然的話，停止擺動太久，它會生鏽的喲。」母親的來信總是叔叔代寫，從不提手錶的事。我知道她只是把它默默地藏在心中，不願意對任何人說的。

大學四年中，我也知道母親身體不太好。她竟然得了不治之症，我一點都不知道，她深怕我讀書分心，叫叔叔瞞著我。我大學畢業留校工作，第一個月薪水就買了一隻手錶，要送給母親，也是金色的。不過比父親送的那隻江西老錶要新式多了。

那時正值對日抗戰，海上封鎖，水路不通，我於天寒地凍的嚴冬，千辛萬苦從旱路趕了半個多月才回到家中，只為拜見母親，把禮物獻上。沒想到她老人家早已在兩個月前，默默地逝世了。

這份椎心的懺悔，實在是百身莫贖。孔子說：「父母在，不遠遊。」我是不該在兵荒馬亂中，離開衰病的母親遠去上海念書的。她掛念我，卻不願我知道她的病情。慈母之愛，昊天罔極。幾十年來，我只能努力好好做人，但又何能報答親恩於萬一呢？

我含淚整理母親遺物，發現那隻她最寶愛的金手錶，無恙地躺在絲絨盒中，放在床邊抽屜裡。指針停在一個時刻上，但絕不是母親逝世的時間。因為她平時就不記得給手錶上發條，何況在沉重的病中。

手錶早就停擺了，母親也棄我而去了。有很長一段時間，我不忍心去開發條，撥指針，因為那究竟是母親在日，它為她走過的一段旅程，記下的時刻啊。

沒有了母親以後的那一段日子，我恍恍惚惚地，只讓寶貴光陰悠悠逝去。在每天二十四小時中，竟不曾好好把握一分一刻。有一天，我忽然省悟，徒悲無益，這絕不是母親隱瞞自己病情，讓我專心完成學業的深意，我必須振作起來，穩定步子向前走。

於是我抹去眼淚，取出金手錶，開緊起發條，撥準指針，把它放在耳邊，仔細聽它柔和有韻律的滴答之音。彷彿慈母在對我頻頻叮嚀，心也漸漸平靜下來。

我把從上海為母親買回的錶和它放在一起，兩隻錶都很準確。不過都不是自動錶，每天都得上發條。有時忘記上它們，就會停擺。

時隔四十多年，隨著時局的紊亂和人事的變遷，兩隻手錶都歷盡滄桑。終於都不幸地離開了我的身邊，不知去向了。

現在我手上戴的是一隻普普通通的不鏽鋼自動錶，式樣簡單，報時還算準確。但願它伴我平平安安地走完以後的一段旅程吧！

去年我的生日，外子卻為我買來一隻精緻的金錶，是電子錶。他開玩笑說我性子急，脈搏跳得快，錶戴在手上一定也愈走愈快。而且我記性又不好，一般的自動錶，脫下後忘了戴回去，過一陣子就停了，再戴時又得校正時間。才特地給我買這個電子錶，幾年裡都不必照顧它，也不會停擺，讓我省事點。他的美意，我真是感謝。

自動錶也好，電子錶也好，我時常懷念的還是那隻失落了的母親的金手錶。

有時想想，時光如真能隨著不上發條就停擺的金手錶停留住，該有多麼好呢？

鞋不如故

走在衡陽街或西門町，連排的鞋店門前，堆得滿坑滿谷，各式各樣的廉價皮鞋，會看得你眼花撩亂。你只要有興趣，伸出腳來隨便套著試試，很可能就會隨便買一雙回來。可是穿不上多久，就會感到極不舒服，皮鞋也變得七彎八翹地走了樣，只好歎口氣擱在一邊。扔掉吧，有點捨不得；穿吧，腳太受罪。好在才一兩百元，也就不太心疼。下次再經過這種鞋店，又會駐足而視。又會再買一雙。於是這種上當皮鞋就愈堆愈多，如果你清理一下，發現四季皮鞋，可以開個小型鞋店了，這就是想儉省所造成的浪費了。

想起我中學時的周校長，一年只換兩雙皮鞋，春夏一雙，秋冬一雙。腳後跟永遠是平平正正，皮鞋面永遠擦得雪亮，和她光可鑑人的短髮，恰成對比。那時杭州最貴族的皮鞋店是「拔佳」出品，只要她蹬蹬蹬地自遠而近，我們就「噓」了一聲說：「別出聲，拔佳來了。」拔佳成了她的專有代名詞，我時常望著她一雙踩在半高跟鞋上高貴的腳羨慕地想：「我高中畢了業，當大學生的時候，第一件事就是買一雙拔佳高跟皮鞋，神氣一下。」

可是高中畢業以後，吵著要母親買「拔佳」皮鞋時，母親卻說：「什麼八佳、九家的，太貴了。你大學畢了業，掙了錢自己買。」我有點生氣，覺得自己好命苦，想想童年時在家鄉，左盼右盼，盼到一雙城裡買來的皮鞋，外公說皮鞋是下雨天才穿的。一個大颱風天，我就穿上新皮鞋去踩水，一下子就泡得像龍船似地兩頭翹起，嘴巴張開，新皮鞋馬上報銷，還挨了母親一頓訓。從那以後，只好一直穿母親親手做的布鞋，再也不敢夢想穿皮鞋了。好容易高中畢業了，仍舊不能穿好皮鞋，當然感到很委屈，嘟著嘴，卻聽母親又講起鞋子的故事來了：

「你爺爺上京趕考時，身邊只有兩塊銀洋，和一雙奶奶親手做的新布鞋。布鞋收在包袱裡，腳上穿的是草鞋。趕著旱路，到了旅店裡，洗了腳，才把布鞋套上，小心地踩在地板上，連石子路都不敢走，怕把鞋底踩破了。就這一雙布鞋，去京城來回一趟，還是嶄新的。哪像你這丫頭，一個月要穿破一雙鞋呢？」

母親這個故事已經講過好幾遍了。我邊聽邊望著自己腳上一雙土裡土氣的鞋子。永遠是黑布面，五彩絲邊滾鞋圈，「人」字形的尖口，難看死了。有一次，一個城裡來的小販背著一簍鞋子來賣，在我家天井裡擺開來，五花八門，各種花色式樣都有。我跳著腳一定要買，母親理也不理，疼我的姑婆從貼肉口袋裡掏出四枚銀角子，叫我自己揀一雙。賣鞋的小販說，四枚銀角子，只能買最簡單的式樣。我只好揀了雙小小鴨舌頭，水綠色閃光花緞的平底鞋，可是套在腳上很不舒服，原來兩隻鞋底全是朝右邊的。小販說，批出來時弄錯了，才便宜點賣。不然要六毛錢呢。我只好忍痛買了穿上。第二天正好有廟戲，我穿了亮晶晶閃花緞新鞋，神氣地走在小鎮的街上。紅橋頭阿菊卻笑我兩隻鞋朝著一個方向，走路越走越彎，氣得我只想哭。阿榮伯卻笑嘻嘻地說：「右邊是順手，統統順手，一生都順順當當，怎麼不好。」頑皮的四叔卻說：「你就對阿菊說，我一口氣買兩雙，今天穿的全是向右的順腳，何必回家換呢，換了也一樣，因為家裡那雙是全部左腳的呀。」他邊說邊大笑，我半天才懂，也露出缺牙笑了。

阿榮伯還給我講了個故事：有一雙鞋子，被主人穿了三年，鞋面後跟都破了，只好當拖鞋，又拖了三年，實在破得拖都沒法拖了，再用大拇腳趾與中趾夾了拖三年。

一雙鞋穿了九年，鞋子被虐待得生氣了，到閻王老爺那兒去告狀，閻王說，告狀必須要有證人。鞋子說：「和我同甘共苦的襪子可以作證。」閻王傳來襪子，襪子說：「穿三年，拖三年的事，我都知道。最後夾三年，我已經由襪子升官為套褲（古老時候男人穿的簡便褲子），遠離鞋子，所以不接頭了。」閻王一拍驚堂木說：「一雙鞋子穿了九年，襪子還可升官做套褲，鞋子卻弄得屍骨無存，未免太悽慘了。」傳令鞋主，「姑念你為了儉省，虐待了足下的鞋子，以後應當適可而止，穿三年，拖三年，也就差不多了，可千萬不許再夾三年。」

阿榮伯的故事，比母親講的爺爺那個故事，有趣多了。所以我一直記得。如今每回想起來，就會對著大堆的半新舊皮鞋，內心泛起暴殄天物的罪孽感。又想起童年時代那雙全部朝右邊的閃花緞鞋子，覺得現在腳上穿的左右分明的皮鞋，也就十分地舒服了。

說來說去，鞋子還是穿舊了的舒服，不然的話，儘管皮鞋店這麼多，為什麼街角上修理皮鞋的工匠，仍舊是生意非常興隆呢？

下雨天，真不好

我原是個非常喜歡下雨天的人。很多年前，就曾寫過一篇小文：〈下雨天，真好。〉懷念小時候雨天裡許許多多好玩的事兒。如今已偌大年紀了，每逢下雨天，心頭就溢漾起童年時的溫馨歡樂。而且在下雨天，我讀書與工作的效率也似乎比較高。

我的書房後窗，緊鄰一家眷舍，每逢下雨天，嘩嘩嘩的牌聲即起，雜以驚呼聲、抱怨聲，聲聲入耳。起初很厭煩這種噪音妨礙我工作情緒。漸漸地習以為常。覺得雨聲與牌聲相和，加上我自己家地下室蓄水池不時傳來叮叮咚咚的滴水聲，確實給人一份靜定的感覺。我曾自嘲地作了兩句打油詞：「幽齋何事最宜人，聽水、聽牌、聽雨。」也算是附庸風雅的自我陶醉吧。

今年開春以來，天氣有點反常。從農曆春節直到現在，真個是「十日九風雨」。

連打過雷以後，雨仍綿綿不斷。按照氣象預測該放晴的日子，太陽卻只露一下臉就躲回去了。害得有權威的氣象專家，都手足無措，沒了主意。在氣象預報時，都不便作十二分肯定的斷語，而要保留地加上個「可能」或「希望」的口氣，以免受到社會大眾的責難。據說梅雨季還沒來臨呢，如果這個「非梅雨」再繼續下去，就跟「梅雨季」連上了，那才真要感歎「今歲落花消息近，只愁風雨無憑準」了。

下了這麼多日子的雨，連我這個「愛雨人」也不免要說一聲：「下雨天，真不好」了。這豈不是「種了芭蕉，又怨芭蕉」的反覆心理嗎？想想做天公的，若要迎合下界凡人心理，該有多難？

其實呢，我一點兒也不膩煩下雨天，雨下得再久，我都不忍心抱怨。我之所以要說「下雨天，真不好」，還是因為想起小時候，雨天，帶給大人們的種種困擾。

先說農家曬穀子吧，就希望一連幾個大晴天，千萬別下雨。好容易把一簟簟的穀子攤開來，用竹耙子耙得勻勻的，若忽然一陣大雨來臨，那許多簟的穀子，千萬雙手都來不及收撥，就只好把簟子摺過來一半，蓋住穀子。可是雨一直不停，眼看穀子都漸漸濕透，一粒粒從篾簟邊漂出來。我站在廊下楞楞地看，心裡也有點著急，因為母親直念：「菩薩保佑，雨不要再下了，不要再下了。」老長工阿榮伯就直歎氣，卻又不敢抱怨天，因為怨了天，只怕想要雨的時候，雨又不來了。穀子泡得那麼濕，就只好堆在兩邊走廊上。每天早上只要一出太陽，就一籮籮挑到廣場上曬，下午一聽到雷聲就趕緊收。有時烏雲密布一陣，待把穀子都收進去了，忽又雲開見日，似乎天老爺也喜歡和農夫們開個小玩笑，捉弄他們一下。在這樣把穀子挑進挑出，收收撥撥的忙碌中，我這個淘氣的小人兒，心裡反而很興奮，只是不敢說出來就是了。每回幫阿榮伯把穀子耙開來時，都要仰著脖子看看天色，再問：「阿榮伯，下半天會不會下雨呀？」阿榮伯很生氣地說：「不要多嘴，去跟你媽媽念太陽經去。」又歎一口氣說：「這樣濕的穀子，一連曬十個日頭都不會乾。」偏偏地只要下一個陣雨，就會連下三天。穀子堆在廊下，就漸漸長黴菌了。黴菌是綠色的，包在穀子外面，像一粒粒的綠豆，阿榮伯就趴下去把它撿出來，否則就會越長越多。這件工作，我自然是最最喜歡做的。就請來左鄰右舍的小朋友，一起來撿黴菌穀子。母親卻稱它為「麴」，撿出來一鉢鉢的麴，母親都捨不得扔掉，而要送給雞鴨吃。她說麴就是酒料，是補的，雞鴨吃了會多生蛋。

「撿麴」實在是件好玩的事，我們一大群孩子，在穀子堆裡名正言順地爬來爬去，比賽誰撿的麴最多。麴愈多，捧給母親和阿榮伯，他們愈發愁，我們卻愈開心。

覺得下雨天究竟是好玩的，因為穀子會多生麵呀。

至於父親呢？他不像母親那樣關心穀子的事。他關心的是書。書要趕在三伏天太陽最猛烈的時候曬，可是三伏天偏偏又是陣雨最多的日子。父親是個讀書人，又在外面做官多年，對於農家「早晚看天色」的經驗是沒有的。所以一到要曬書的日子，就要問母親或是阿榮伯，今天天氣如何？母親就得意地念起來：「早上雲黃，大水滿池塘。晚上雲黃，沒水煎糖。」意思是說，大清早太陽出來得太快，把雲都照得黃黃的，反而會下雨。下半天太陽下山了，如果滿天都是金黃的雲，第二天一定是個大晴天，父親就可以曬書了。

曬書可是件大事喲。篾簟要打掃得乾乾淨淨，地上有一丁點潮濕都不行。所以頭天下過雨，第二天就不能曬書。要晴過一整天以後，大清早天上一絲兒雲影都沒有，熱烘烘的太陽，都曬得水門汀和石板地燙得冒煙了，才能把書搬出來，一本本平鋪在篾簟上。再壓上一條條特製的木棍，以免被風吹動。曬一陣子，就要翻一面。在如炙的烈陽下，就是戴著笠帽，蹲起蹲下的，也是汗流如雨。這件辛苦的工作，哪裡有站著一點不吃力地用竹耙耙穀子好玩。所以我總是盡量地躲開，能不被抓差最好。長工們一聽說老爺要曬書了就頭大。因為曠場要他們打掃，竹簟要他們背出來攤開。搬書出來的事倒不歸他們，因為他們不認得字，父親怕他們會把卷數次序搞亂。可是萬一下起陣雨來，卻非他們腿長手快的不可。所以曬書的日子，長工們更怕下雨。他們邊搬邊問我父規：「老爺，這些都是什麼書呀？您這樣寶貝。」父親說：「都是經呀，有的是菩薩的經，有的是聖人的經。」他們不大相信地說：「什麼『金』呀，買不了田地，當不了飯吃，年年曬一通多麻煩。菩薩有靈，就該保佑曬書的日子不下雨才好。」說得父親哈哈大笑。

長工們都認為阿榮伯和照顧花木的阿標叔都是半個「讀書人」，常常拿起《三國演義》來一個字一個字地念，念不來的字跳過去，意思還是有一點點。所以總是慫恿阿榮伯和阿標叔多幫著曬書的事。父親也確是信託勤懇負責的他們倆。他們照著我老師的指點，謹慎小心地把書一疊疊搬出鋪開來。我呢？怕曬太陽，多半坐在廊下石鼓上，合掌念太陽經。念一卷，抬頭看看天。只要一看見雲層有點厚起來，雲腳長毛了，就連聲喊：「要落雨囉，要落雨囉。」一種唯恐天下不亂的心理。大我四歲的二叔是個書背得很多，滿腹經綸的「小先生」。曬書的時候，他倒是真有興趣，在旁邊走來走去。拿到什麼書在手，他都會講一點書裡面的故事，或是寫書人的來歷，我們都聽得津津有味。說到怕下雨，他忽然就琅琅背起蘇東坡的〈喜雨亭記〉來。這是老師剛教過我的，我只記得幾句：「五日不雨可乎？曰，五日不雨則無麥。十日不雨可乎？曰，十日不雨，則無禾。無麥無禾，歲且荐饑……」父親聽見就笑嘻嘻地說：「別念別念，雨要被你念來了。」二叔輕聲地說：「大哥是個四體不勤，五穀不分的讀書人，所以只關心書，不關心稻穀。」我們都縮著脖子笑個不停。可是只要父親一聲令下：「收書。」我們就趕緊全體動員，隨著父親和老師後面搬書。他們還要在書頁裡撒樟腦粉，書櫥裡擺樟腦丸。十幾書櫥的書，統統曬完要花好幾天，真是又累又緊張，我心裡寧願下雨，就不要曬書了。

如今想起來，那麼多的書，都不懂得要用功去讀，等到想要讀的時候，書已非我所有。大晴天曬書的情景，都只是追憶中的前塵影事了。

在我童年生活中，真真不希望下雨的只有一天，那就是我的生日，我的生日正是颱風季節。平時一逢有颱風，我就興奮地問大人：「大水什麼時候才漲到我們家後門口呢？」只有我生日那天，我就要拜菩薩，保佑不要下雨。一下雨，母親就不讓我穿新衣服，唱鼓兒詞的先生就不會來，小朋友們也不會來吃我的「長壽麵」了。最糟的是老師只答應晴天才放我「生日假」，下雨天就照常上課。所以「晴天的生日」，對我是多麼重要啊！可是我的生日，多半都在風雨中過去。想起母親的愁風愁雨，是為了穀米的收成，為了牲畜的安全；而我的愁風愁雨，卻是為自己的玩樂。

回首童稚無知歲月，老去情懷，於悲喜參半中，倒不如「也無風雨也無晴」，豈不更好呢？

敬愛的「號兵」

求學時代，對於負責訓育的老師，多少總有點畏懼與反感。我中學的訓導主任姓沈名咸曾。我們就在「曾」字的邊上加一個豎心旁，變成「咸憎」，人人都不喜歡的意思。

沈先生（那時稱老師為先生），教我們黨義。在重視國英數三科的心理之下，對於教黨義的老師，自然又是「另眼看待」。可是因為他是訓導主任，大家有所顧忌，又不得不正襟危坐，裝作很專心聽講的樣子。

第一天上課，全班同學都有點緊張地注視他走進課堂。他穿的是藏青嗶嘰中山裝，線條筆挺。中分的頭髮梳得油光光地貼在頭皮上，看去怪怪的。皮鞋擦得雪亮，走在地板上拍搭拍搭地好響。比起穿長袍布底鞋的國文老師來，要神氣也洋派得多了。

他沒有開口說話前先點名，點一個名字抬頭看一眼，彷彿看這一眼就把你牢牢記住似地。他的目光倒不是炯炯逼人的那一種，眼珠也是黑白分明。記得懂相法的二叔說過，黑白分明的眼珠是絕頂聰明的人，但如果是白多黑少就有點兇相。於是我不由得偷偷注意他是不是白多黑少，觀察的結果是黑白均勻。一位訓導主任，只要不兇，我們也就放心多了。

他點完名，微微咧嘴一笑，卻發現他門牙有一顆是鑲了金邊的。鑲金牙便有一股子土氣，土氣的人就厲害不起來。這倒不是二叔講的，而是我自己的心得經驗。我也覺得這股土氣和他一身中山裝不大調和，心裡有點納悶，這位沈先生究竟是和氣的，還是嚴厲的；是精明的，還是馬虎的呢？

他開始說話了：「我的名字你們一定都已經知道了，我還有個別號，」他轉身在黑板上寫下「沈浩濱」三個字，接著說：「浩瀚的浩，海濱的濱。是我大學老師為我取的，很廣大遼闊的意思。我很喜歡這個名字。」

「浩濱」，倒真是滿雅致的。我回頭看右邊的同學沈琪，她把「浩濱」二字端端正正地寫在拍紙簿上，卻在下面加寫了「號兵」兩個字，又很快地畫了一個大兵吹號的樣子。她舉起本子給我看，向我做個鬼臉。我很佩服沈琪，她的聯想力很強，畫畫得又快又好。短短的新生訓練一週中，我們的老師幾乎每個都被她速寫過，都能把握特徵，畫得很傳神。她也最會給老師起外號，看來她一定會喊沈先生「號兵」了。

沈先生打開課本又闔上，和氣地說：「今天是第一天上課，大家隨便談談。你們經過一星期的新生輔導，對學校的各項規則，還有什麼不明白的地方？」

看來他很民主的樣子，不像校長，說起話來咬牙切齒，斬釘截鐵，一對眼睛瞪得又圓又大，毫無商量餘地。

沈琪馬上就舉起手來說：「我有問題。」沈先生點點頭，沈琪站起來大聲地說：「請問沈先生，為什麼住校的同學可以不穿制服，而走讀的同學一定要穿，這不是不公平嗎？」

她問得咄咄逼人，我真替她捏把汗。

沈先生笑嘻嘻地說：「我來解釋一下。本來穿制服，一來是為了整齊畫一，二來是代表學校，當然最好是全體同學一律穿制服。但學校為了體諒住校同學自己洗制服、燙制服忙不過來，交給女工洗燙又太貴；不勤洗的話，穿在身上反而不整潔，所以才通融。除了週一、週五有紀念週與週會的日子以外，可以不穿制服。走讀的同學，在校外要表現學校精神，一定要穿制服，好在穿髒了可由家裡人洗。」

沈先生說得很有道理，我們想不出話來反駁了。可是沈琪又說話了：「在一個課堂裡上課，有的穿制服，有的不穿，就是不整齊嘛。」

「如果住校同學願意天天穿制服，當然再好沒有，只要能保持整潔。學校的通融辦法不是硬性規定，更不是厚此薄彼。沈琪，因為你是走讀的，才會這樣想。如果你是住校的話，一定會覺得這樣的通融是很合理的。」沈先生放下書，在黑板上寫了「公平合理」四個字。露了下金牙，又收斂起笑容，用比較嚴肅的神情說：「你們在學校讀書，接受新知識，要漸漸養成判別事理的正確觀念。沈琪剛才說到公平不公平的問題。我就來說說，什麼是公平。公平就是誠誠懇懇地處理一件事，對待一個人。出發點是為了大家的利益而不是為自己，這就是無私心。處理事情恰當就是合理。就拿穿制服這件事來說吧，住校與走讀的同學易地以處，就覺得是公平合理的了。」

大家都聽得心服口服，可是沈琪仍在嘀咕：「天天穿制服，好單調啊！」一位住校的同學說：「那你明年住校好啦。」大家都笑了。

沈先生笑笑說：「你看你們為了一點點小事，各人只就自己的利益著想，意見就不一致了。其實學校的規定，沒有一條是存心和你們作對的。主要是輔導你們走上正確的道路。比如宿舍在晚上是九點熄燈，為了養成你們早起早睡的好習慣。考試期間，延長一小時，你們就會懂得好好利用時間了。如果有人躲到練琴間偷偷點蠟燭開夜車，就是違反校規，再用功的學生也要處罰的。」

沈先生說得很有道理，我從小就比較膽小聽話，對他也就佩服起來了。而且想想許多嚴格的校規，只要不去觸犯，也就不會感到有什麼不自由的限制了。

沈先生第一天上課就博得同學的好感，至少他不是一位不講理的訓導主任。頭腦開明，心胸寬大，雖然執法如山，平時卻很和氣。

最有趣的是他在紀念週或週會上向大家做報告時，常常喜歡把一隻手圈成一個圈，放在嘴邊，好像可以把聲音擴大似的。我們頓時覺得他真是名副其實的「號兵」。有一次他帶我們遠足，教我們唱進行曲，我們就告訴他把他的名字「浩濱」改寫為「號兵」的事，他聽了拍手大笑說：「好極了，以後你們更得聽我的號聲，行動要迅速一致囉。」

他說：「號兵是行軍時吹進行曲的前哨兵，要勇敢、機智，要以全副精神投注入號聲之中；吹出來的調子即使單調，卻有振奮人心，鼓舞你勇往直前的效果。就連學校裡吹起身、升旗、作息號的工友，都要負責、守時，全校師生都得聽他的號聲。

你看他吹號時全神貫注，挺身而立的神情，不是像一隻報曉的公雞，多麼自信和威武啊！」

沈先生的一席話，使我們對原來是開開玩笑的「號兵」的名稱，也領略到一層新的意義。

有一天在黨義課上，我忽然心血來潮，舉手起立問道：「沈先生，黨義；黨到底有什麼意義？孔夫子不是說，君子群而不黨嗎？結黨不就是營私嗎？」

沈先生想了下，慢條斯理地說：「『黨』並不是一個壞的字眼。比方『鄰里鄉黨』的『黨』，就表示彼此關懷。凡是志同道合的人，為一個大公無私的宗旨結合在一起，從而產生比孤立的個人更多力量的團體，也就是『黨』。像　國父號召同志，領導革命，有組織，有目標，志士們都抱著一腔愛國熱忱，推心置腹，個人禍福生死在所不計，這樣精誠結合的黨，豈不是一個大公無私的政黨呢？」

沈琪馬上接著問道：「如果另外有一個人，自認為很有才能，也自認為是愛國志士，但他不願只做個服從別人領導的人，而要另外組織一個團體，自己當領導人物。他標榜的也是為國為民，那又有什麼不可以呢？」

沈先生說：「如果兩個團體努力的宗旨完全相同的話，自然就當合而為一，沒有彼此攻訐打擊的理由。如果他標新立異，不願合作，那就是自私的野心家，不是大公無私的政治家。那樣的黨，就只有削弱了革命的力量，那樣的黨得勢的話，國民是不會有幸福的。」

愛發表言論的沈琪又大聲地說：「我知道，你說的那種黨就是共產黨。我爸爸說過，共產黨與國民黨不一樣，一個是有飯大家吃，二個是大家有飯吃。」

沈琪說完了還不坐下來，一副眉飛色舞，得意非凡的樣子。我總覺得她的表現欲是很強的，有一天她如果當級長的話，她的領導力也是很強的。我卻不一樣，膽子好小，什麼事只能躲在別人後面，默默地出一點小力而已。

沈先生聽了沈琪的話，很高興地說：「你父親說得簡單明瞭。有飯大家吃不一定吃得飽，甚至只顧自己吃，不給別人吃，那就會你搶我奪，彼此猜疑。人人有飯吃，飯就很多，吃得飽，還要吃得好。所以大家會努力奮鬥，追求更好的生活方式。」

沈先生還講了《論語》上的忠恕之道，與　國父三民主義思想非常吻合的道理。他講　國父的一個故事，有一個人對　國父表示忠勤，後來又反悔了，而且偷走了一份革命黨人的名冊。　國父佯裝不知。不久那人懺悔了，　國父一點也不計較他的過失，反而給他一份重要的工作。那個人深深感動，因而極力效忠。這就是孔子所說的

「感人以德」的泱泱君子之風。

沈先生講故事都在授課之中插入，使我們原來對黨義這門課毫無興趣的，都聽得津津有味。他講得興高采烈時就把右手圈在嘴唇上，做出吹號的樣子，我們真覺得他是一位「號兵」呢。

初三時，沈先生不再教我們課了，但因他是訓導主任，我們仍常常和他接觸，那就是犯了過錯被請進去「吃大菜」（受訓斥的意思），可是沈先生的「大菜」是可口而富於營養的。他並不板起面孔訓話，而是笑嘻嘻地先講個笑話或故事，讓我們自己想想，錯在哪裡？比方說有一次我們住校生三五個人在一個週日的晚上，逾格請外出假去看一場馬上要下片的好電影。學校批准我們八時半以前一定要返校。電影散場不到八點，回校時間是綽綽有餘的。可是當我們經過一間餃子店時，那股鍋貼的香味實在太引誘人。每人身上都還有幾個零錢，原可以買回來吃，但總覺得坐在店裡正式吃，有一派做大人的味道，於是就進去圍坐一桌，大吃特吃一頓。又在水果攤上買了甘蔗菱角，躊躇滿志地回校。到了校門口，大門已關上，才知已過八時半，快九點了。幸得好心的老工友悄悄開邊門放我們進去，舍監已經眼睛瞪得銅鈴似地，站在宿舍門口等我們了。大名被記下來，都直接送到校長室，她是存心和我們作對。我們並不怕訓導主任的美味大菜，怕的是校長，她的一對銅鈴眼比舍監的還大，她會在週會上，一個個地把我們拎到講臺上亮相，好像犯了什麼十惡不赦的大罪似地，看來這次是劫數難逃了。

我們走進校長室，沈先生也坐在旁邊。校長還沒開口呢，他先說話了。他說有一個孩子，總是不聽父母的話，每回外出時叫他早點回家，他總是晚歸來。有一天，他又要出去了，父親厲聲地說：「這次出去就別回來了。」孩子在外卻越玩越沒勁，心裡有一種無依的感覺，反而提早回家了。看見父母正在門口張望，母親又高興又意外地問他為什麼這麼快回來了。孩子一向倔強，不願把真心話說出來，他說，因為爸爸叫我不要回來嘛，所以我回來了。母親噗嗤一聲笑了。從那以後，他再也不遲歸了。講完故事，校長也笑了。氣氛立刻緩和下來。校長說：「學校所訂的校規，一來是養成你們守法守秩序的觀念，培養你們健全的人格。二來是保護你們。你們不是不被允許外出，但必須在規定時間回校，以免我們擔心。家有家規，校有校規，國有國法。在法規範圍以內，一切都是非常自由的，觸犯了法規，受了懲罰，就感到不自由了。你們應當反省自己的行為超越了自由的範圍，而不是合理的法規給你們的限制太嚴。比如每年到了冬天，政府都要宣布宵禁，夜間十二時以後不許有行人。這是為了居民的安全。這樣的禁令，只有小偷與強盜才感到不便，善良的百姓，一定會感激政府對大家的保護是無微不至的——」

校長說話一向非常嚴肅，這一席話說得明明非常有道理，但我們心裡總是怕怕的。幸得沈先生一直在邊上，看著他笑咪咪的神情，大家心裡也就放鬆了。那一次姑念我們初犯，校長沒有記我們過，也沒把我們拎上禮堂講臺。

沈先生後來要去英倫留學了。全校同學都好捨不得他。我們雖然覺得他鑲著金牙，即使穿西裝也有一股土氣，但這股土氣是非常中國的。他中國古書讀得多，英文又好，他是應當再出國深造的。

臨別之前，我們全班合作，由我寫了一首送別沈先生的詩。因為沈琪聲音又響亮又美，在惜別晚會上，由她帶領大家，一起朗誦。我們把對一位良師的感激，和滿腔別緒離情，統統都朗誦出來了。

還記得那首詩是這樣的：

浩濱、號兵
我們敬愛的號兵

他負責、守時
更有一顆仁慈的心
他賞罰嚴明，誨我諄諄
有如我們的父親

號兵、浩濱
望著浩瀚的海濱
我們圈起手
吹起別離的號聲
祝敬愛的老師
此去萬里鵬程

浩濱、號兵
我們敬愛的號兵
永遠懷念的浩濱

祝您鵬程萬里
萬里鵬程

豬年感懷

今年是豬當令，開春以來，讀了好多篇寫豬的文章，都說豬既聰明，又愛清潔，尤其難得的是教子有方，絕不含糊。一點也不像世人把牠看作既髒又懶的蠢物。總算還了豬一個公道。畫家和攝影家們呢？也都紛紛地畫豬、和攝豬照片。一幅幅都那麼胖嘟嘟、傻乎乎，比貓狗還可愛，看得人只想擁抱牠、親吻牠。

但，不管他們是如何充滿愛心地去寫豬、畫豬、拍豬的玉照，到頭來還是每天要「吃豬」。不是大塊大塊地吃，就是把牠粉身碎骨地吃；一段段、一寸寸，分門別類地吃，從裡吃到外，從頭吃到尾。吃牠的心肝、腰子、肺，吃牠的耳朵、舌頭、牙床肉。連皮都不能倖免，因為豬皮富於膠質，對老年人的骨骼硬化有利。豬若有知，在臨刑之際，究竟是含笑以歿呢？還是飲恨以終呢？

豬沒有貓狗那麼幸運，人類飼養豬，就是為了要吃牠的肉。還把牠的性格描繪得那麼惡劣。才顯得最後給牠那一刀，是牠咎由自取，怨不得人類的狠心。

記得幼年時，老長工阿榮伯告訴我，豬和雞鴨都是菩薩注定了給人吃的，所以殺了牠們並不罪過。而且這些畜生都是由於前世作惡多端，才罰變做豬，受了這一刀之苦以後，孽障消除，反可轉世為人了。家庭教師是有道行的虔誠佛教徒，他卻說菩薩是絕對不許殺生的，連微小如螞蟻的都不可傷害，何況有血有肉的豬呢。他講了一個故事給我聽：有一個屠夫，宰了一世的豬，到臨終之時，卻覺得自己罪孽深重，產生了恐懼之心。可是為時已晚，懺悔也來不及了。彌留之際，忽然耳邊傳來隔壁寺院中的誦經之聲，他掙扎起身子，舉起右手，向空中拜了三拜，口呼一聲阿彌陀佛，就斷了氣。這個屠夫入輪迴轉世，仍免不了變為豬。但這頭豬有一個特徵，就是右前腿是一隻人類的手。一時傳遍全村莊，都紛紛來看這頭異相的豬。主人心裡有點疙瘩，總覺得怪豬可能是不祥之兆。一位沿門托缽的老和尚看見了，卻告訴他，帶有人手的豬，乃是有一段因果的，勸他好好飼養這頭豬，千萬不要殺牠。主人聽了老和尚的勸告，就讓這頭怪豬享天年以終。老師做結論說：就由於屠夫臨終時的一念之善，感應了慈悲的佛。他的罪孽雖不得不使他變為豬，卻可免於殺戮之災。

我聽了這個故事，既感動，又害怕。卻想起廚子劉胖剁肉丸時念的口訣：「豬呀豬呀你莫怪，你是人間一道菜。人不吃來我不宰，你向吃的去討債。」彷彿這一念，罪過都到吃的人身上去了。我站在灶邊，貪婪地聞著紅燒肉丸的陣陣香味，心裡卻有一份罪孽感。這種矛盾心情，對一個不滿十歲的童子來說，也是很痛苦的呢！

其實那份罪孽感，也並不完全由於聽了劉胖的口訣。主要的還是因為我與豬為伍的日子太多。從母親謹慎小心地選購來一頭胖小豬，放入豬欄開始，牠就成了吳媽和我的好朋友。吳媽是母親委託她餵豬的人。母親每事躬親，唯有餵豬，卻完全交給了吳媽，連豬欄都不肯去一下。她絕不是嫌髒，而是不忍心親眼看小豬一天天長大，到年終卻非得揀個日子把牠宰掉祭祖不可。吳媽呢？雖然是幫著主人，一心一意把豬餵飽餵大，可是她每天拎著一桶煮得香香的飼料去餵牠時，看小豬吃得那麼起勁，她總是摸摸牠的額頭，拉拉牠抖動的下垂大耳朵，無限憐惜的樣子。小豬也會抬起頭來，用瞇縫眼信賴地看看她。

我每回都跟吳媽進去，站在旁邊看牠吃。拍嗒拍嗒的聲音好響。吳媽常常歎著氣說：「豬就是吃相不好，才落得這般的苦命。」我心裡就好替牠委屈。也替所有的畜生委屈。人總是高高在上的樣子，要養牠就養牠，要宰牠就宰牠。牠是不是真的命苦，人又怎麼知道呢？

小豬大約才兩個月，全身的毛細細疏疏的，透著嫩白略帶粉紅色的皮膚，細細的小尾巴，捲成個小圈圈。跑起來非常地快。而且還會蹦跳呢。可惜只有牠一頭，太孤單了。我看牠很寂寞的樣子，只想蹲在欄邊多陪陪牠。牠不時走到我身邊來，用尖尖的嘴巴鼻子碰碰我。我喊牠「呶呶」（這是我家鄉小孩子呼喚豬的聲音）。牠好像聽得懂。想起自己三歲以前都一直寄養在乳娘家，和我同年同月生的乳娘的女兒，一起爬在地上跟豬玩。兩個人都只會叫「呶呶」，母親說我四歲才會說話，四歲以前，見到誰都喊「呶呶」，大人們都說我笨得跟豬一樣。現在看著這條活潑可愛的小豬，就格外有一份親切感。但是想到牠終究要被宰，心裡也格外難過。我暗暗念著：「豬呀，你慢慢長吧，長大了就要被宰了。」可是牠還是長得好快，愈長大也就愈不活潑了，牠就是這麼無聊寂寞地活著，一天天長大，一天天等待死亡。想到這些，我心裡好難過，就趕緊離開豬欄。

豬欄的隔壁就是牛欄。黃牛總是靜靜地站著，無視於豬的存在。好多次我都想，是不是可以讓牠們住在一起，也許彼此都不會寂寞呢？可是吳媽說不行的。牛有牛性，豬有豬性，牠們合不來，我每回去牽黃牛出來吃草的時候，總要先去看看豬。牠長大了，老是在睡覺，我用竹枝輕輕拍拍牠的背，牠會抬起頭來看看我，然後爬起來，向我走來。我伸手摸摸牠的耳朵，牠只呆呆地站著，也不知牠喜不喜歡我。我對牠不像對黃牛和貓狗，心裡的那份感覺，不是愛，而是歉疚，是憐憫，一種無可奈何的憐憫。尤其是聽老師講了那個故事，又教我讀過《孟子》的「見其生不忍見其死，聞其聲不忍食其肉」那些句子以後。我只想多看看牠，又只想躲開牠，心裡十分矛盾。我常常問母親：「媽媽，我們能不能不殺豬呢？」母親用歎息的聲音說：「那就只有不養豬。」我說：「那就別養嘛。」母親說：「過年怎麼能沒有豬呢？」

像我們那樣的大家在鄉下，過年宰豬是天經地義的事。等到宰豬的日子揀定以後，吳媽煮豬飼也變得無精打采了。她說：「奇怪得很，揀定了宰豬的日子，豬就不想吃了。」豬不想吃，吳媽也吃不下飯了。餵了牠一年，眼看牠長得那麼壯，她該為自己的成績高興呀。可是她真是捨不得牠死啊。她總是對自己說：「明年我不餵豬了。」可是第二年餵豬的差事還是她的。就這麼餵大了殺，殺了再餵。殺豬的人明明不是吳媽，她卻總覺得自己罪孽深重的樣子。殺豬的前幾天，她早晚都去佛堂念觀世音菩薩超度牠。我呢？老師教過我念〈往生咒〉，就在書房裡跪在蒲團上念〈往生咒〉。母親更不用說了，走進走出，嘴裡一直喃喃地在念各種的經，顯得很不安的樣子。長工們卻是磨刀霍霍，等待著大顯身手。這時，只有頑皮的四叔，嗤笑我們都是「貓哭老鼠假慈悲」。他說：「戒殺與否，只在自己一念之間，不能戒殺，又何必假惺惺。」現在想想，他的話也真有道理。但那時的農村，就是擺脫不了這種習俗。好像不如此不足以表示對祖先的敬意，也不足以炫耀一個大家庭的氣魄。

四叔只比我大四歲，卻非常有才氣。他寫得一手漂亮的魏碑，又會畫畫。常常學豐子愷的漫畫，畫得維妙維肖。宰豬那天，他故意畫一張漫畫，把它貼在廚房門上。畫的是一條滴血的豬腿，掛在屋簷下，一隻小豬在廊下抬起頭來望著它。邊上寫著一行字：「那是我媽媽的腿。」看得我怵目驚心。卻不能不佩服他畫得跟豐子愷的一模一樣，只是稍稍變化一點而已。母親盯著畫看了半天，生氣地把它撕了下來，我看見她眼裡卻滿含淚水。我也暗暗對自己說：「我不要再吃肉了，我不要再吃肉了。」

宰豬都在破曉時分，那一夜，母親、吳媽都不能入睡。我呢？心裡既害怕，又有點說不出來的興奮。看長工們在廚房裡從晚飯後就進進出出地忙碌著，我覺得過年的序幕就要開始了。可是一想到豬欄裡的豬，就不由一陣心酸。母親一直催我早睡，我躺在床上，拉上厚被子蒙著頭，雙手食指塞住耳朵，倒也朦朧地睡著了。可是在睡夢中，總似聽到悽慘的尖叫聲。第二天一大早起來，又忍不住跑到後院去看，我的朋友

「呶呶」已被刮去黑毛，吹成又大又胖，像一隻白象了，我的眼淚撲簌簌落下來。吳媽生氣地把我拉回廚房，說我女孩子怎麼可以去看。我只想放聲大哭，可是過年過節的，怎麼能哭呢？那些日子，我都不敢走進空空的豬欄邊，連黃牛吃草都不願意去牽了。

可是過不了多久，又是一頭活潑蹦跳的小豬，放進豬欄，吳媽又不得不開始餵牠，我又忍不住跟在她後面進進出出。如此年復一年地過去。

直到幾十年後的今天，好像豬臨刑時的哀號，猶自聲聲在耳。豬欄裡小豬活潑蹦跳的神情，和牠一天天癡肥後的慵慵睡態，也時時浮現眼前。想想豬難道真是萬劫不復的「人間一道菜」嗎？我如今已偌大年紀，能不能下個決心，不再吃這一道菜呢？

今年是豬年，為了紀念童年時與豬的一段友情，我要漸漸地戒除吃豬肉（牛羊肉早已不吃）。我說「漸漸地」是因為患有胃潰瘍，醫囑必須多吃肉類。但我相信，一定可以用其他蛋白質的素食代替，漸漸戒除吃豬肉的。

到那時，再想起幼年時聽廚子劉胖念的口訣，就不會怕豬來討債而感到心裡不安了吧。

——七十二年四月四日

想念荷花

「夏日正清和，西湖十里好煙波。銀浪裡，弄錦梭。人唱採蓮歌……」父親教我唱這首詩時，並不在荷花盛開的杭州西子湖畔，而是在很少看到荷花的故鄉，浙江永嘉瞿溪鎮。

那時，我還不到十歲。在四五歲時，由大人抱著在西湖遊艇裡剝蓮蓬、啃雪藕的情景，已經十分地模糊。也想像不出，西湖的銀浪煙波究竟有多美。只覺得父親敲著膝頭，高聲朗吟的神情很快樂，音調也很好聽。

父親的生日是農曆六月初六日，正是荷花含苞待放的時候。到兩個星期後的六月二十四日，便是荷花生日。母親說荷花盛開，象徵父親身體健康。所以在六月初六那天，她總要託城裡的楊伯伯，千方百計地採購來一束滿是花蕾的荷花，插在瓶中供佛。等待花瓣漸漸開放，散發出淡淡的清香，與香爐裡的檀香味混和在一起，給人一份沉靜安詳的感覺。

花瓣謝落之後，母親就拿來和了薄薄的麵粉與雞蛋，在油裡稍稍一炸，便是一道別致的甜點。父親說吃荷花的是俗客。我卻說，吃了荷花，便成雅士了。

到了杭州這個十里荷花的天堂，才真正看到那麼多那麼多的新鮮荷花。我們的家，正靠近西子湖邊，步行只需半小時就可到湖濱公園。那條街名叫「花市路」。父親為此作了一首得意的詩，其中最得意的句子是：「門臨花市占春早，居近湖濱歸釣遲。」其實父親很少釣魚。他帶我去湖濱散步，冬天為賞雪，夏天為賞荷。賞雪的時候少，因為天氣太冷了，賞荷卻是夏天傍晚常常去的。

「家裡太熱，到湖濱乘涼去。」父親總是這麼說。其實湖濱並不比家裡涼爽，因為公園裡遊人摩肩擦背，反而泛著一股熱騰騰的氣息。我總是要求：「爸爸，我們坐船吧，你不是唱銀浪裡，弄錦梭嗎？」父親每回都微笑答應了。可是坐在船上也不覺得涼爽，因為湖水曬了整整一天大太陽，到了夜晚，把熱氣放散出來，撲面而來的是陣陣熱風。詞人說「湖水湖風涼不管」的「涼」字，實在是騙人的話。但無論如何，蕩著船兒，聽槳聲欸乃，看淡月疏星，聞荷花陣陣清香，畢竟是人間天上的享受。

六月二十四既然是荷花生日，杭州人的遊湖賞花就從六月十八開始，到二十四這一天是最高潮，整個裡外湖都放起荷花燈來。大小畫舫，來往穿梭，談笑聲中，絲竹滿耳。這種遊湖，杭州人稱之為「落夜湖」，歡樂可通宵達旦。

我不是個懂得賞花的雅人，也體會不到周濂溪愛蓮的那份高潔情操。我喜歡「落夜湖」，只是為了趕熱鬧。父親卻不愛這種熱鬧。母親呢？只要是住在杭州的日子，倒是每年都去「落夜湖」一番。她不是趕熱鬧，而是替父親放荷花燈。放一百盞荷花燈，祈求上天保佑父親長命百歲。所以她坐在船上，總是手撥念佛珠，嘴裡低低地念著〈心經〉。因為外公說過的，父親和荷花同生日，照佛家說法，是有一段善緣的。

記得有一天，父親忽然問我：「『新著荷衣人未識，年年湖海客』是什麼意思，你懂嗎？」我說：「是退隱的意思吧。」父親笑笑說：「就是我現在的心境，擺脫了官職，一身輕快。」但我覺得他臉上似有一絲驀然回首的落寞神情。難道父親仍有用世之心，只是歎知遇難求嗎？

抗戰軍興，我們舉家避寇回到故鄉。父親竟因肺病不治，於翌年溘然長逝。那不幸的一天，正是他的生日六月初六。如此悲痛的巧合，使我們對一向喜愛的荷花，也無心欣賞了。

在兵荒馬亂中，我又鼓起勇氣，到上海完成大學學業。中文系主任夏老師非常喜愛荷花。有一天，和系裡幾位同學在街上購物，遇上滂沱大雨，我們就在一間茶樓品茗談天。俯視馬路積水盈尺，老師就作了一首律詩描繪當時情景。最後兩句是：「一笑横流容並涉，安知明日我非魚。」小序中說：「市樓坐雨，與諸生劇談抵暮。歸途流潦沒膝，念西湖此時，正萬葉跳珠也。」他想像西湖此時，一定也是大雨滴落在荷葉上，形成千萬水珠跳躍的壯觀吧。

那時杭州陷於日寇，老師慨歎有家歸不得，因而格外思念杭州的荷花。

勝利後回到杭州，浙江大學暫借西湖羅苑復校。我去拜謁老師，從書齋窗戶向外眺望，遠近一片風荷環繞，愛荷的夏老師心情一定是非常愉悅的。他提筆蘸飽了墨，信手畫了一幅荷花，由師母題上姜白石的名句：「冷香飛上詩句」，老師隨即落款送給了我。這幅墨荷幸已隨身帶來臺灣，一直懸於壁間。記得那時另一位才華橫溢、善畫梅花的任老師，笑他的荷花畫得不像。老師隨口笑吟道：「事事輸君到畫花，墨團羞見玉槎枒。」

不管是「墨團」也好，是「玉槎枒」也好，那總是吟詩作畫，自由自在的好時光啊。

兩位老師都陷在大陸。不久前海外友人來信告知，個性傲岸的任老師早已逝世，而夏老師亦已年邁體衰，而且身不由己地被調到「北京」從事指定的研究工作。他以垂老之年，一定是更思念有家歸不得的杭州，思念西湖無主的荷花吧。他怎能想得到當年在上海時所作的詩：「安知明日我非魚」，竟而成為陸沉的讖語呢？

友人還說，曾在一本刊物上看到夏老師憶西湖的詞中，感慨地寫道：「往事如煙，湖水湖船四十年。」

四十年是人生大半歲月，老師已逾八十高齡，他還能再有一個四十年，等待河清後，自由自在地重回杭州，在亭亭風荷中，享受湖水湖船的優遊之樂嗎？

仰望壁上的墨荷，我好想念故鄉的荷花，因為在荷花瓣上，彷彿顯現出父親和老師的音容笑貌。

春雪・梅花

春柳池塘明媚處
梅花霜雪更精神

寒冬漸遠，春已歸來。遙想寶島臺灣，早該是風暖花開的豔陽天了。此間前些日子已漸露春意，沒想到突然來了一陣暴風雪，氣溫又一度降到隆冬嚴寒。

我雖畏寒，卻是戀雪成癡。一聽說大風雪將至，反而禁不住地高興。守著窗兒，熱切地盼望大雪降臨。看天空中絲絲細雨，漸漸夾雜著小朵雪花，我就喃喃地念起家鄉諺語來：「雨帶雪，落到明年二三月。」現在可不已經是「明年二三月」了嗎？這是春天裡的冬天，也是個「飄雪的春天」。多可愛啊?!

這個冬天，紐約雖然下過幾場雪，但都不算壯觀。轉眼已過了春分，我老是問來此多年的朋友：「還會下雪嗎？」他們說：「會啊！去年四月裡還下了場大雪呢。」所以一聽有風雪的氣象預報，我總是盼望著，雪會下幾吋呢？能積到一呎嗎？積得越厚越好。外子好生氣，說我這個老頑童，真是黃鶴樓上看翻船，絲毫也不體諒他們頂著風雪開車上班的人有多辛苦。

小乾女有一次來信說：「今年天氣特別冷，陽明山竹子湖都下雪了。我和同學上山賞雪景。看見許多汽車前面堆著小雪人，一路開，小雪人一路淌著汗水，漸漸地就化光了，好可惜啊。」她如果看到這裡的大雪，一定會堆個雪人，比她自己這個小人兒大好幾倍呢。

雪的可愛，是它的悄然無聲，默默地累積起來。比起下雨天淅淅瀝瀝的情趣又是不同，是另一種寧靜與安詳。而那棉花糖似的一片白，格外使我懷念小時候下雪天的快樂情景，心頭就有說不出的溫暖。

我的故鄉永嘉，雖然是溫帶的南方，但農曆正月初七、八的迎神提燈廟會，常常都逢上大雪天。冒大雪去看廟戲，是我最最開心的事。阿榮伯過新年那幾天，就只顧昏天黑地地推牌九，外公卻最喜歡一邊看戲，一邊「講古」。「有外公帶我去看戲，媽媽只管放一百二十個心。」我總是這樣對母親說的。外公套上高筒釘鞋，一手撐雨傘，一手提燈籠，叫我緊緊揑著他大棉襖的下襬，踩著他的釘鞋腳印，一步一步往前走。我只要喊：「好冷啊！」外公就說：「怎麼會冷？越走越暖和的。」紅燈籠的光影，晃晃蕩蕩地映在雪地上，真的就暖和起來了。我後面還有一大串小朋友，都喜歡跟著外公走。外公大聲地喊著：「來來來，前照一，後照七。跟著我走，一定不會跌交。」他年紀雖大，走得卻一步一步穩穩健健的。他說：「要記住，在風雪中走路，不要停下來，停下來就會凍僵啊！」

我記住外公的話了。長大以後，多少次頂著風雪向前走，都挺過去了。我心裡總是在想，雙手緊緊揑著外公那件結實的粗布大棉襖，踩著他的大釘鞋腳印，跟著那盞映在雪地裡的紅燈籠一步一步向前走。

雪積得厚了，外公就用絲瓜瓢兜了雪裝在瓦罐裡。裝滿好幾罐，放在陰冷的牆角。開春以後，用雪水泡茶喝是平火氣的。喉頭痛就拿雪水加鹽漱口，馬上會好。但外公說兜雪時一定要用絲瓜瓢、竹瓢或木瓢，不能用鐵器。雪一定要冬雪，立春以後的雪就不行了。兜雪又是我最最喜歡做的事，儘管兜得一半天、一半地，鞋襪都濕透了，外公還是要我幫忙。「多沾點雨雪，長大了身體才壯健。」母親還會別出心裁，叫我把樹枝上、梅花梗上的雪，撮下來裝在一隻漂亮的玻璃缸裡，每天倒一杯雪水供佛。她說：「花木上的雪才淨，供佛的是淨水呀。」我撮雪撮得手都凍僵了，外公絕不許我烘火籠、泡熱水，反捏了一把雪在我手背手心上使力地擦，擦得我直尖叫。外公說：「不要叫，熬一下，一會兒手就會發燙。」真的，一會兒手就發燙了。外公真是位全科醫生呢。他說天上的霜雪雨水，地上的樹木花草，和人的血脈五臟都是相連的。這就叫「天地人三才合一」。人有病痛，吃了天地給你的「藥」就會好。外公的醫理，不就是今天講求的「自然食物」嗎？

我們到了杭州以後，因為冬天比故鄉冷，下雪的日子更多，我也更開心了。杭州人說：「吃了端午粽，還要凍三凍。」所以春分前後，還常常下大雪。雪積得太厚，交通受阻，學校雖不正式停課，遠路的學生不能來也就不算缺課；大清早我一睜開眼，看見下雪了，就連聲念：「菩薩保佑，雪下大一點，下一整天，下一整夜，明天就不用上學了。」可是我家離學校實在太近，儘管下大雪，父親還是叫包車夫送我去。我寧可自己踩著厚雪去，做出很刻苦勤學的樣子。到課堂裡，同學到得零零落落，英文老師就坐在講臺上，督促我們自修，分組比賽拼生字、背書、造句，大家競爭得都冒出汗來。國文老師就講故事、念詩給我們聽。我們最喜歡的老校工光伯伯

（因為他頭上光光的，沒有一根頭髮）替我們在爐子裡升起熊熊的火，上面放一把銅茶壺，水咕嘟咕嘟地開。我就取出從家裡偷來的咖啡茶來泡。那是一包包長方形的糖，裡面有一團棕色咖啡粉，開水一沖，比今天的即溶咖啡還方便，好香啊。可愛的光伯伯最疼我們這一班小孩，給我們拿來烤山薯，放在爐架上再一烤，大家分來吃，滿教室都香噴噴的。只有下雪天才准有這樣的享受。因為我們冒雪來上學，校長和訓導主任都誇我們勤奮好學，所以給我們自修課裡吃東西的自由，作為鼓勵。

十分鐘休息時間，大家到校園裡堆雪人，玩雪球，東一個雪人，西一個雪人。天一放晴，太陽出來，雪人就漸漸變小，變矮了。有時還沒化完，第二場雪又來了，小雪人就被新雪掩沒，成了一堆堆的小山丘。有一次，我在作文裡寫道：「一粒細細的塵土，水蒸氣把它變成一朵美麗的雪花。雪花融了，水又變成蒸氣升空，塵土回歸塵土。這就是大自然的循環。在循環中，我們享受了美景，花木獲得了生機，可是雪花總是默默無聲……」自以為寫得很「哲學」，老師給了我好多圈圈。

父親有位好友劉景晨伯伯，他是個詩人，喜歡寫字、畫梅花，酒量又好。每回來我家，一住總是十天半月。冬天一下雪，劉伯伯就用家鄉調念起一首詩來：「有梅無雪不精神，有雪無詩俗了人。日暮詩成天又雪，與梅添作十分春。」我說：「劉伯伯，豈只是有梅無雪不精神，有梅無酒也不精神呀。」劉伯伯拊掌大笑道：「說得對，說得好，快快拿酒來。」他邊喝酒邊瞇起眼睛對著庭前雪中梅樹凝望，看來他就要吟詩了。父親不是詩人，但好友來時，他也會作詩。有一首詩，劉伯伯誇他作得好，還用紅朱筆在後面四句加了密密的圈呢。那四句是：「老去交情篤，閒來意興濃。傾杯共一醉，知己喜重逢。」我說：「爸爸，您並沒有喝酒，怎麼說共一醉呢？」父親笑道：「詩心似醇酒，不醉也惺忪。」劉伯伯大為讚賞起來，連聲說：「好詩，再乾一杯。」我喜歡看劉伯伯借題目喝酒的醉態，我更愛父親隨口吟來的「白話詩」。看他們兩位老友一唱一和的快樂，我這個十三四歲的小女孩，意興也濃起來了。

於是我磨了墨，攤開紙說：「劉伯伯，您酒也喝了，詩也作了，現在該畫梅花囉。」劉伯伯說：「慢著慢著，畫梅以前要先寫字。」他又念起他那套說了好多遍的大道理來：「梅花與書法最接近，要學畫梅必須勤練書法。梅的枝幹如隸篆，於頓挫中見筆力，梅梢與花朵似行草，於曲直中見韻致。這與身心的修養有關，中國畫最能見真性情，心靈的境界高了，畫的風格也會高。」他說得那麼高深莫測。我卻只知道在圖畫課裡跟著老師的樣本一筆筆地描，連寫字也是看一個字描一個字，哪裡懂得什麼韻致、風格呢。

劉伯伯寫完一張大字、一張小楷，才開始畫梅花，隨畫隨扔進字紙簍。我問他為何不留起來，他說：「要畫到真能傳神的一幅才留起來，可是太難了。畫梅難、詠梅詩也難。林和靖的暗香疏影傳誦千古，一來是因為他有梅妻鶴子的韻事，二來是因為姜白石作了兩首〈暗香〉、〈疏影〉的詞。」我問他：「那麼劉伯伯的詠梅詩呢？」他又大笑說：「我的詠梅詩，最好的一首還在肚子裡哩。」父親又隨口笑吟道：「雪梅已是十分春，卻笑晨翁詩未成（劉伯伯名景晨）。」劉伯伯馬上接口道：「高格孤芳難著墨，無如詩酒兩忘情。」劉伯伯真有點眼高手低，只好借題目喝酒了。

看他們出口成詩，我也想作了。有一天，跟父親、劉伯伯去孤山踏雪賞梅。看那條直通裡外湖的博覽會橋上，遊人熙來攘往，喧鬧的聲音，把靜謐的放鶴亭，打擾得失去了暗香疏影的清趣。我也學著父親口占打油詩一首：「紅板長橋接翠薇，行人如織綺羅鮮。若教逋叟靈還在，應悔梅花種水邊。」不管韻押得對不對，自以為也是七個字一句的「詩」呢。父親連聲誇我作得好，劉伯伯卻很嚴肅地教導我，不可一開始學作詩，就是一副隨隨便便的樣子，會把詩作「流」了，以後永遠作不好了。嚇得我再也不敢在他面前信口開河了。這是我在初中時代，作的第一首「詩」，受了一頓教誨，所以一直記得。

抗戰中，杭州淪於日寇。勝利復員，回到舊宅，喜見庭院中的一株綠梅，依然兀立無恙。春雪初霽，好友多慈姊與她夫婿許紹棣先生時來舍間小坐。多慈姊看見書窗外綠梅含苞待放，一時興來，就展紙濡墨，寫下了那株劫後梅花的風貌。並囑我題詞以留紀念。我勉強作了一首〈臨江仙〉，卻因字體拙劣，堅持不肯題在畫上。那首詞，我只比較喜歡下片的四句：「相逢互訴相思，年年長伴開時。惜取娉婷標格，好春卻在高枝。」

那幅梅花，雖已帶到臺灣，竟因住永和時被大水損壞。多慈姊曾多次欲為重畫，總以每次都相聚匆匆而未果。她與紹棣先生都不幸相繼作古。故人遠去，墨寶無存，怎不令人哀傷痛惜呢？

現在我珍存的有一小幅先輩名家余紹宋先生的紅梅，是紹棣先生代為求得的。另一幅大學老師任心叔先生的墨梅，上面題著一首詩：「畫梅如畫松，貌同勢不同。愛此歲寒骨，不受秦王封。」任老師一身傲骨，身陷大陸時，憂憤而死。此外是一張放大的梅花攝影，那是鄭曼青先生二十年前上玉山賞雪賞梅，特地拍下的照片。他說高山上的雪梅，風姿太美，筆墨丹青，難以傳神，只好依賴照相機多多攝取它的多種風貌。承他賜贈一張，留作紀念。在臺北時，我一直懸之壁間，於炎夏中可帶來一點涼意，也使我感念故人厚誼。這幾幅寶貴的紀念品，於客中都未帶來，真覺住處有「家徒四壁」之感呢。

臺灣氣候，雖不易在平地多植梅花。但梅花是中華民族堅貞不移的精神象徵，國民心愛國花，並不在乎到處都能賞梅。儘管是在「春柳池塘明媚處」，也能體認「梅花霜雪更精神」的意義。

美國是個沒有經過太多苦難的年輕國家，他們愛的是春來的奼紫嫣紅，和日人所贈的嬌豔而短暫的櫻花。所以在這裡，不知何處去尋找梅花，他們怎也不懂得中國人愛梅的心情。

雪後初晴，春寒料峭，我又神馳於杭州舊宅中那株綠梅。數十年的刻骨嚴寒，它定當傲岸如故吧。

——原載七十三年四月二十九日《聯合報》副刊

「哈背牛年」

小時候在鄉間，有一年正月初一，我的阿庵小叔，提了個大紅紙包，來給我母親拜年。高聲喊道：「大嫂，哈背牛年。」母親立刻說：「大年初一的，講吉利話啊，什麼哈背哈背的？」小叔說：「這是番人話（英文）呀。天主堂的白姑娘教我的。『哈背』就是快樂的意思。『牛年』就是新年。『哈背牛年』就是快樂新年。正好今年是牛年，您說多巧啊？」母親高興地說：「白姑娘也教過我幾個番人字，我記得『牛』叫做『靠』，怎麼輪到牛年，中國話和番人話會是一樣的聲音呢？」教我讀書的老師聽得哈哈大笑起來說：「就是這般巧嘛。牛年真是快樂的一年。我們農家春耕犁田，秋收駄運，都要靠牛，牛是我們最最忠心、最最勤勞的朋友。大嫂，牛一年辛苦，您要倒杯春酒給牠喝下去補一補喲！」阿榮伯伯馬上接口說：「是啊，還要打個雞蛋在裡面，給牠過新年呢。」

我在一邊聽得好樂，就「哈背牛年，哈背牛年」地連聲念著，一蹦一跳地到天主堂找白姑娘講番人話去了。

我的老師是個有新腦筋的人物，他從城裡買來一支溫度計，掛在走廊柱子上。母親走過來、走過去，總要瞇起近視眼貼上去看半天，嘴裡念著：「順（右）手邊這個上下的下字叫做『阿福』（F），隻（左）手邊那個鉤鉤叫做『阿西』（C），當中這條燈草心似的，看也看不清楚。這一橫一橫的是多少度呀？」我說：「媽媽，那個鉤鉤念『西』，不是『阿西』。」阿榮伯伯大笑說：「不要去看那些番人字，阿伯伯（阿拉伯）字的風水表（寒暑表）那有什麼用？我們種田人，抬頭看天色，低頭看日腳，豎起耳朵聽風向，扳起手指頭算算，幾時會晴，幾時會落雨，幾時會冷，幾時會熱，算得一分一厘都不會差。」母親就念起來了：「正月正，雨雪夾霜冰，二月二，菜子田裡抽條兒，三月三，棉襖脫掉了換單衫。」

我最最擔心的是正月裡沒完沒了的「雨雪夾霜冰」。因為天氣不好，母親就不讓我穿嶄新的花棉襖，到處拜年討紅包了。老師從十二月二十四夜送灶神那天開始，到正月初八迎佛提燈，放我半個月的春節年假。如果臘月冬至那天落雨，通曉「天文地理」的外公就預言啦：「要爛冬囉！年底不會有好天色囉！」母親又喃喃地念起來：「雨夾雪，落到明年二三月。」我愁得要命，天天一大早點根香在天井裡拜三拜，念三遍太陽經，保佑正月初一是個大晴天。

「太陽經」若是靈驗，初一是個大晴天呢，母親就要去廟裡點佛燈，兜「喜神方」啦！由外公翻開黃曆，看由哪個方向出門最吉利，照著指示，由大門出去，兜一個元寶圈，從後門回來。若是「太陽經」不靈，落雨呢？母親只好在自己佛堂裡燒香念經，拜祖先。我的新花棉襖也不能出鋒頭了。

年初一不拿掃把，不拿廚刀，因為它們也辛苦了一年，要休息休息。初一也不用煮飯，大年夜已經煮了滿滿一大鍋，富富足足的金銀財寶都有了。母親難得有這樣的清閒，中飯以後就開始一年一度的消遣——搓銅板麻將。她同外公、阿榮伯伯，還有一位推窗眼（斜眼）三叔四個人搓，叮叮噹噹的銅板數過來數過去，帳算得好認真啊。推窗眼三叔坐在母親或外公上家時，我就生怕他眼睛斜過來看見他們的牌，總在桌子角邊轉來轉去擋著。他們都嫌我，哪個輸了錢都怪我，但哪個和了牌我都要伸手討一大枚。最開心的是聽母親興奮地喊：「我和囉、和囉。中發白三臺啊、三臺啊！」（那時大三元才只算三番呢。）我就進帳三大枚。口袋裡銅板塞滿了，只等不落雨了就上街買萬花筒焰火和花紙氣球。我膽子小，不敢點焰火，萬花筒捏在別人手裡，我只能遠遠站著。看花紙氣球吹足了氣，和小朋友比賽誰拍得多就贏錢。為了想他們多陪我玩一下，我就故意輸給他們，反正我的銅板多多。壓歲錢也不像他們只有銀角子，還有外公給我的一塊圓滾滾、亮晃晃的銀洋錢呢。

初二不管天晴落雨，我都要代表母親出去給長輩拜年。由阿榮伯提著滿籃的紅紙篷包。那是用一種極粗的草紙包成斧頭形，外面加一層紅紙，而上貼著商店招牌，用紅油麻繩紮得有稜有角，裡面是紅棗、蓮子、冰糖、桂圓等不同的東西。大家都說潘宅的紙篷包貨色最真。但有一次母親無意中打開一包，想拿裡面的紅棗來煮，卻發現有一半是小圓卵石，就知道是頑皮小叔叔幹的好事。所以紙篷包都要收在櫥裡，免得被他偷天換日。我跟著阿榮伯挨家拜年，挨家吃點心。點心多半是雞蛋煮米粉，我一點也不喜歡，我想吃的是桂圓紅棗蓮子湯，只一位表公家才有。阿榮伯一跨進大門就喊：「雞蛋不要打開，放在籃子裡給我帶回去，這是元寶啊。」於是我提了滿籃的雞蛋、大橘、鬆糖長生果，塞了滿荷包的壓歲錢回來了。小叔每回都半路把我截住，拿兩塊洋錢換我的角子，大把的角子，我數也數不清，就統統給了他，他說推牌九用銀角子，贏了再分給我。但過不了一天，不但沒分給我反而把我的銀洋錢也拿去了，說是先借一下，卻總不還我。我不敢讓母親知道，只偷偷告訴外公，外公呵呵大笑說：「哎呀，你的洋錢給小叔打水飄飄了，還會有影呀？」

我明明知道小叔會騙我的壓歲錢，但我對金錢沒有什麼概念，我就是交定了小叔這個朋友。因為他肚才通，故事笑話多，帶做帶比的，聽不厭也看不厭。就連母親都是開隻眼閉隻眼，由他耍點小花樣，占點小便宜。

我們這個大村莊有三個鄉，我們是瞿溪，還有郭溪、雲溪，稱為三條溪，都非常富庶的。正月初七八兩天迎神提燈的大節目，三個縣就各顯排場，競爭得很激烈。舞龍的龍身節數愈來愈多愈長，做龍被的錢都是由鄉長向地方捐來，或是富戶還願所捐，向城裡訂製，銀光閃閃，舞起來真是好看。舞龍的後生兒（壯漢）早一個月就在天天練習穿花舞了。舞龍之外，還有「馬盜」，七匹為一組，馬是向城裡租來的，黑白灰棕的都有，財力足的甚至租兩組十四匹，好神氣啊。扮馬盜的有兩種人，一種是地方上有錢人家的獨生子，一生下來，父母就在神前許了願，無災無難地長大了，就來扮馬盜迎神還願。另一種呢？卻是窮家孩子甚至是要飯的叫化子，扮一次馬盜給幾升米。但無論貧富子弟，都是全身披掛，畫了臉譜，提著刀槍的英雄人物，坐在馬背上，攬轡緩緩前進。在管樂鑼鼓聲中，和燈籠火把的照耀下，一個個英姿勃發，能分得清誰是誰呢？可是愛管閒事的五叔婆總要指指點點地喊著：「這個黑白臉的張飛是討飯的阿發，那個紅臉關公是林宅大郎兒。」母親輕聲阻止她說：「叔婆呀，您別這樣喊喊叫叫的啦，窮人富人都是娘生娘養的，有哪一點不一樣呀？」老師站在旁邊，就對我念起來：「這叫做將相本無種，男兒當自強啊！」

舞龍與馬盜迎神提燈在初七八晚上，白天與夜晚還有演戲。戲班子都是城裡請來頂呱呱的好班子。有京班，紹興班，亂彈班，崑班。郭溪讀書人多，常常請的崑班或京班，雲溪和我們瞿溪請亂彈與紹興戲比較多。母親聽不懂京戲與崑腔，說「咿咿唔唔唱了半天也不知說什麼」，她也不喜歡看武打戲說：「張飛殺岳飛，殺得滿天飛，有什麼好看？」她喜歡有情有義、有落難有團圓的紹興戲。她看了方玉娘祭塔，回來就邊燒飯邊哼：「上寶塔來第一層，打開了一扇窗來一扇門，點起了一炷清香一盞燈，禮拜那南海慈航觀世音，保佑保佑多保佑，保佑我夫文子敬……」我說：「保佑我蚊子叮呀……」母親輕輕敲了我一下頭，我縮縮脖子，又跑去跟外公到老遠的郭溪看京戲去囉！

外公會唱一百零一齣空城計，是小叔教的。因此他覺得自己是懂京戲的。但是他把「人馬亂紛紛」唱作「那麼落紛紛」，小叔糾正他也學不會。那時京戲最好的班子是「大三慶」，據說是道白唱詞咬音很準。我家有個馬弁隨父親回鄉來，叫胡雲高，是北方人，他只要聽懂臺上的道白就拍手叫好。小叔就學著戲白問他：「胡雲高，請問你家據（住）那裡，狗姓達（大）名。」把他氣得鬍子翹。

因為大三慶班子最好，因此「三慶」成了鄉下人讚美一切的口頭禪。無論什麼東西，只要誇好就喊「三慶」。有一次廟戲恰巧是三慶班，外公看得高興起來，就舉手喊「三慶」，臺下的人都笑了。三慶的演員也好高興，特別向外公舞個魁星致敬。

阿榮伯對京戲、紹興戲都不大有興趣，他最喜歡的是推牌九和壓花會。嘴裡天天哼著「正月時節是新春，銀玉打扮坐樓中，頭戴明珠花一朵，手抱雲生看花燈……」就去佛殿裡壓花會去了。

初七八兩天的迎燈演戲結束以後，春節漸漸落幕了，半個月的年假一眨眼已過完，我又得皺起眉頭回到「書房」裡，念那沒完沒了的「詩云子曰」。只有眼巴巴盼待七天後的元宵燈節，再有一番短暫的熱鬧了。

——原載七十四年二月二十二日《中國時報》「人間」副刊

「代書」歲月

在我腦海中，不時會想到「代書」兩個字。誰都知道，「代書」是現代繁榮社會裡一項熱門行業。他們比某些看上去神情嚴肅、學識淵博的律師平易親切得多，因此委託他們辦事，十分方便。我現在所想到的，卻是指為人代寫書信的「代書」。

我十一二歲以前，住在鄉間，也代母親給遠客未歸的父親寫信，並時常代房族的長輩們，給在外地經商的子姪們寫信。每寫完一封信，總給我一塊炒米糖或是一個大橘子，報酬豐厚，我也就樂此不疲。

在我成長期間，由於環境的不時變遷，歲歲年年，總離不了為不同的人，代寫不同的信。「代書」這項工作，就與我結下不解之緣。如今回想起來，倒真是別有一番滋味呢。

最值得懷念的，當然是代母親寫信給父親。母親總是一邊忙著家事，一邊有意無意地問著：「有沒有給你阿爸寫信呀？」懶惰的我，總會躲避地回答：「不用寫嘛，阿爸還沒來信呢。」母親倒也不逼我了。

其實，父親雖不按時來信，老師卻規定我每個月一定要寫兩封信，向父親稟告家中情況。一則表示孝心，二則練習作文。給父親寫信，比作日記苦多了。因為第一要用純粹文言文，不能文白夾雜；第二要用正楷書寫，不可潦草。我的信，出現在父親眼前，也就是老師教導我的成績。可憐我就只有那麼幾個「之乎者也」在腦子裡打轉，要寫文言信，就像拿米糖熬油一般地難。辛辛苦苦寫好了，又被老師改得面目全非，還要重抄。我對父親本來就有點敬畏，被老師這麼一改，就一句心裡的話都沒有了。因此，往往在寫下「父親大人膝下敬稟者」幾個字之後，就咬著筆桿，不知寫什麼才好。

我寧可代母親寫信，老師答應可以寫白話文。用母親自己的口氣，寫她心裡的話，倒是真過癮。好心的老師，為了「傳真」，除了錯字外，是不大改的。那時，我已背了幾首詩詞，常常自作主張，在信末加上一兩句，像「語已多，情未了」，「欲寄兩行相憶淚，長江不肯向西流」等情意綿綿的句字，代母親表達思念之苦。老師看了也是莞爾而笑，總不予以刪除。

母親叫我寫信，總是絮絮叨叨，沒完沒了地訴著家務事，千言萬語，無非只是一句話：「望你早歸。」但是當我把信和詩句念給母親聽時，她總是說：「我哪裡有這樣講嘛。」嘴角笑咪咪，我知道她心裡正是要這樣講呢。

父親的回信呢？信封信裡，全是寫給我的。嚴肅的文言文，除了滿紙的誨勉，還有對老師的誇讚與感謝。最後，幾乎封封信都是固定的幾句：「父思家心切，歸期不遠，望轉稟汝母，多多珍重。」

當我轉稟母親時，她卻似聽非聽。直到晚上忙完家務，才拔下髮針，把菜油燈芯挑得高高地，坐下來自己仔仔細細地一遍又一遍地看，也不知她看懂多少。但從她臉上的神情，看得出她是非常欣慰與滿足的。

看完了信，她就會說：「寫封回信給阿爸吧。」我說：「您自己寫嘛。」母親立刻說：「我若是會寫信，還淘你的氣？你讀了這許多書，不代我寫信，養你有什麼用？」她邊說邊笑，我也自覺代母親寫信勞苦功高。每回寫完以後，就把手一伸，起碼要一枚銀角子，我就跑到街上買亮晶晶的水鑽髮夾或是雙妹牌香水精。若是晴朗的好天氣，就要求穿一整天從北平寄回的新衣服，東蕩蕩、西蕩蕩地去出鋒頭。

為母親代寫家書，在我記憶中是最快樂的一件事。後來到了杭州進中學念書，母親大部分留居故鄉，我的職責，就變成代父親寫信給母親了。其實父親明明可以自己寫的。他不寫大概是由於一家之長的權威感吧。再說母親也不能親筆寫回信呀！我離開她以後，看信、寫信，都得倚賴二叔，父親有什麼事要吩咐，就索性直接給二叔寫信了。叫我代筆寫信，多少還是表示對母親的關心，我越加不能不寫了。

代父親大人寫信，可不像代母親寫信那麼好玩。父親不喜歡白話，我得寫僵硬的文言，寫完以後，先由老師改一遍，謄清以後畢恭畢敬地呈閱父親。寫出來的信，才真叫「辭不達言」呢。幸得我自己會單獨再用白話寫一封長長的信，與母親細訴心事。不管母親認不認得我的「蟹醬字」（這是母親對我這一筆「大字」的形容詞），反正耐心的二叔會一句句念給她聽的。

有一段時期，父親曾回故鄉住了好幾個月，這是他和恩愛的二媽第一次的遠別。於是我這個「代書」，竟也要負起代她寫信給父親的任務來。我的心情真是非常複雜矛盾的。她第一回叫我寫信時，我問她用文言還是用白話，她和氣地說：「用白話吧，可以說得比較清楚些。你只管照我嘴裡說的寫吧。」我心裡想：你原是知書識字之人，何必要我代筆呢？於是她說一句，我寫一句。有時她念的句子很像小說《春明外史》裡的詞兒，我也照寫。寫錯了字，塗塗改改，她也不責怪，還連聲說：「不要緊，不要緊，只要你阿爸看得清楚就好了。」我還真擔心父親看了我「掛燈結綵」的信會生氣呢，但不必我重抄總是高興的。

寫完信，開好信封，她並不馬上寄出，到了夜深人靜之時，到書房裡，關起房門來，把信仔仔細細重抄一遍。原來她只是因為有許多字寫不出來，不得不由我起個草稿，她還是要把它抄成親筆信，真是用心良苦，也見得她對父親的似海深情了。想起父親在讀她的親筆信時，心頭會有多麼甜美。我不由得在心中暗暗歎息：「媽媽呀！你為什麼不也親筆給阿爸寫信呢？」

父親去世以後，「代寫家書」的日子，就此結束了。

在上海就讀大學時，同班一位同學是中西女中畢業的。我時常向她請教英文，她就請我用那三句半的文言代她回追求她的男同學的信。那些信，多半是引用莎翁名句的英文信，讀來蕩氣迴腸。但她偏偏要用文言作覆，表示她的尊嚴與學貫中西。直到他們感情有了進展，我就功成身退。有一次看她居然邊寫信邊掉眼淚，我開玩笑地對她念了兩句詩：「相思本是無憑語，莫向花箋費淚行。」她若有所悟地淺笑一下說：「這樣說起來，還是得由你代寫到底。免得感情陷得太深，不能自拔。」

畢業後留校任助教，兼教務處工作，並代寫宗教團契千篇一律的英文信，因此學會了打字，那是我代書生涯中最最呆板枯燥的一段時期。

珍珠港事變後，上海不能久留。回到故鄉，在山城任法院書記官，並為院長處理函件。開始時非常緊張，漸漸地才知道所有函件，無非都是求職信或大官的推薦信。我奉命將這些信件一一列表登記，在每個人名上用紅筆畫上雙圈、單圈、三角等等，以分別推薦人的身分高低、交情深淺，作為覆信早遲的標準。至於那些毛遂自薦的，則必須在上面打個××，一律不予置覆。我為他們來信的石沉大海，感到萬分地不安與歉疚，卻又無可如何。因此領略到官場人際關係之微妙，與所謂「八行書」意義之深長。此際的代書心情，是非常沉重的。

幸得勝利復員後，工作調整，不久我即回到母校教書，代書生涯，終告結束，我總算有充分時間，寫自己喜歡寫的信了。

七八年來，為了外子工作調動，兩次旅居國外。寫信成了我生活中重要的一環，也是一分最快樂的享受。盼到了朋友們的來信，一封封慢慢兒展讀，慢慢兒作覆，有如與萬里外友好，促膝談心。他工作忙，生性又懶提筆，他的信，除了公務的，都由我代覆。他的幾位總角之好，退休後閒來無事，頗愛寫信話家常、談旅遊。他都一概不回信，自然地，都由我「代拆代行」，就此又做了他的代書，他也視為當然。想想他享有讀信之樂，而無回信之責，我不免有點不甘心。他卻笑笑說：「這樣多好！你既然直接給他們寫信，就不必當我的代書了。」

事實上，我又開始了我的代書歲月。

——原載《聯合文學》創刊號

此處有仙桃

將近二十年前，我住在臺北新生南路時，鄰近有一間兼賣車票的小小雜貨店。老闆娘面團團的，非常和氣。國語說得不好，卻很愛和顧客聊天。我每回去買東西時，就把有限的幾句閩南語拿出來和她交談，她笑得咯咯咯地，誇我講得「卡好」，因為她都聽懂了。

有一天，我看見玻璃窗上貼著一張紙條，寫著大大小小歪歪斜斜的童體字：「此處有仙桃。」她指著得意地告訴我是她念小學一年級的小兒子寫的。我問仙桃是什麼，她指指玻璃瓶裡淺紫色小粒說：「這就是仙桃，卡好呷啊。」就伸手取出一粒叫我嘗，我一嘗確實好吃，酸酸甜甜，正是我最喜歡的山楂甘草的混合味，馬上買了一大袋，還不到五毛錢。帶回來裝在各種可愛的小瓶子裡，書桌、床頭、手提包裡各放一瓶。有時在昏昏欲睡的會場裡，朋友們都知道我的手提包像八寶箱，就問：「有吃的嗎？」我馬上取出瓶子說：「此處有仙桃。」於是每人數粒，吃得津津有味。我擴大宣傳說：「仙桃不但有生津止渴、提神醒腦之功，如長期服用，可使腸胃清潔，情緒穩定，靈感充沛。終日伏案工作的朋友們，尤不可一日無此君，請大家告訴大家。」聽得大家將信將疑，我卻樂不可支。

外子是個拒服中藥的「崇洋者」，他看我奉仙桃為仙丹，譏我犯了幼稚病。問我究竟多大年紀了，還吃這種騙小孩子的糖果。我一本正經地回答：「每日口含仙桃數粒，保你青春長駐。」他只好大搖其頭。可是有一次，在公共汽車上，汽車味夾著汗臭薰得他作嘔，問我有沒有帶什麼藥，我立刻打開手提包說：「此處有仙桃。」他苦笑一下，萬不得已含了兩粒，居然立刻見效。從此他也接受了仙桃。於是仙桃成了我二人家居旅行的萬應靈丹。

由於經常買仙桃，大量買仙桃，雜貨店老闆娘和我成了好朋友。買東西總要主給我少算幾毛錢。我送她一個自己用彩色毛線鉤的袋子，給她裝零錢。上下班經過時，總要和她擺擺手打個招呼。她常常喊：「太太，今天仙桃卡新鮮。」我去買日用品時，她就抓一把仙桃送給我。我口含仙桃，品味的不只是山楂甘草的酸甜味，而是一分純樸的友誼溫馨。

兩年多後，我們有了宿舍，搬離新生南路。因工作太忙，很少去那邊看看房東，也就沒機會見到雜貨店老闆娘，心中卻不時掛念起她。至於仙桃呢，別處也都有，牆上也常貼著「此處有仙桃」的條子，但都是印現成而不是手寫的童體字。我很想去老地方和老闆娘說說閩南話，卻總沒時間。直到將近三年後再去時，新生南路中央的大水溝已經填平，成了整條寬闊的五線道大馬路，小雜貨店也不知去向了。我悵惘地站在那兒好半天，原當為市容的日趨整潔而高興，心裡卻總念著那句「此處有仙桃」的可愛標語，和老闆娘和藹的笑容。人生有時實在像沒頭蒼蠅似地無事忙，我奇怪自己在長長的三年中，怎麼就抽不出半天的時間，去看一下仙桃店主呢？她究竟姓什麼我都不知道，當然以後也不會再見到她。她面團團的笑容，只有永留記憶中了。

時代漸漸進步，我所喜愛的仙桃也漸漸絕跡了。「此處有仙桃」的標語，再也看不到了。書桌上、枕頭邊、手提包裡放的不再是仙桃，但也不是辣辣的仁丹或怪味的口香糖，我寧可裝點甘草片或西洋參片，至少有清心健脾之功，但總覺得是藥而不是可口的仙桃。直到有一回和中大同事搭車旅遊，感到頭昏，她取出一包黑漆漆的小粒，告訴我叫做「柚子茶」，讓我嘗一粒，我覺得味道竟和仙桃極相似，乃大喜過望，託她一口氣買了兩包，心情上真有好友重逢的欣喜。

這種柚子茶，是由整個柚子，頂上挖個洞，榨去汁後，裝入中藥製成，裝的什麼藥，製作過程如何，是臺灣南部一個小鎮的家傳祕方，外人不得而知。由於沒有宣傳廣告，也就很少人見到，市面上糖果店裡根本買不到。必須要在老式的菜市場，偶爾遇到流動小販才有得賣。因此這兩包柚子茶，可說得來不易呢。

前年去麻豆，和朋友講起仙桃的故事，又說到新發現的柚子茶。她熱心地為我走遍小鎮的大街小巷，就是訪不到柚子茶。心想麻豆產文旦，怎會沒有柚子茶呢？失望地回來，只好格外珍惜地省吃所剩不多的柚子茶。那一股溫和的中藥香味，使我惦念起種種舊時情景。心情既溫馨，也悵惘，因為「此處有仙桃」那句樸拙的廣告詞，總使有去日苦多的無限滄桑之感。

來美以前，匆忙中不及託同事再買柚子茶，只把所剩的半包帶著。旅途勞頓，加上歐洲飲食不對胃口，柚子茶成了時刻不可少的良伴。到美後所餘無幾，只得萬里迢迢地請同事為我千方百計買了寄來。好心的她給我多寄來兩大包切碎的，和一個完整的柚子球，讓我多聞聞原始的香味。我真如獲至寶，感到自己一下子變得好富有、好安全。因為，在客居，我至少可以安安穩穩地服用從臺灣本鄉本土帶來的萬應靈丹，再也不虞匱乏了。

每回取出一粒香香的柚子茶，含在嘴裡時，都不由得輕聲地念一遍：「此處有仙桃。」並且默祝那位再也沒有機會見面的雜貨店老闆娘，健康幸福。

——原載七十三年十一月十三日《世界日報》

笑的故事

老牌影星胡蝶頰上的酒窩，笑起來最迷人。在初中時代，我與同學們都是左一張右一張搶購她的照片。沒想在臺灣居然與她見了面，一同談笑，合拍照片，還由她親筆簽名贈送鎖麟囊劇照。大家都已是花甲之年，面對她，我卻像回到少女時代似的，非常開心。看她的一對酒窩，竟是「老而彌深」。我們誇她酒窩迷人，她說：「酒窩是笑出來的呀，多笑笑就會有酒窩了。」她又說以前她先生有時拉長一張臉，不笑也不說話，她就拿一面鏡子給他說：「照照看，這樣的臉好不好看？」她真是懂得生活藝術的一位老藝人呢。

我中學的校長，非常嚴肅，對學生說話，從來沒有笑容。一對眼睛瞪得大大的，我們背後都喊她「貓頭鷹」。可是訓導主任恰巧相反，總是笑口常開。校長怪他不夠嚴肅，他說《聖經》上說的：「『快樂微笑的時候，只牽動面部筋肉十三條，憂愁皺眉的時候，卻要牽動筋肉六十五條，』為什麼不快快樂樂地笑呢？笑才不容易老啊。」所以我們都好喜歡他。給他起個外號叫「號兵」，因為他說話的時候，總喜歡把手圈在嘴上，做出吹號的樣子，正巧他的別號又是「浩濱」。校長以外還有兩位女老師也是不笑的。一位是教音樂唱歌的曹老師，一張四平八穩的白板臉，粉又搽得厚，我們背後都喊她「曹操」。她教我鋼琴，把我整得該有的音樂細胞統統死光，因此恨透了鋼琴，也恨透了她。我真不明白，一個教音樂的怎麼會與笑絕緣？她彈的該是人生的最低調吧。

另一位不笑的是教生物的馬老師，長得可真是漂亮，二十多歲的年齡，入時的打扮，後頸挽一個鬆鬆的髻子。細白的皮膚，清秀的眉眼，不高不低的鼻梁，她如能一笑，可真是百媚生，偏偏她就是不笑。第一堂上課時，她繃著臉對我們說：「我有個習慣，從不記同學的名字，點名只點座位號碼。還有，我上課的時候，同學們絕對不許說話，不許笑。」我們一時都嚇得鴉雀無聲。莫非她是科學怪人，把我們都當機器零件看，所以只認號碼不認人。可是她講課卻講得真好。在黑板上畫的一張葉子、一朵花瓣、一隻昆蟲，真是維妙維肖，清清楚楚，一筆不苟。想來她只對動植物有興趣，對人沒興趣吧。

有一次，她講生命歷史最悠久的蟑螂，就叫我們觀察蟑螂，畫蟑螂。我生平最怕的是蟑螂，活的不敢捉，就捏著鼻子去實驗室借來個用大頭針釘著的死蟑螂，戰戰兢兢地，偏偏又把一條腿弄掉下來了。我不禁喊起來：「馬先生，我的腿斷了，怎麼辦？」同學們都忍不住大笑起來。馬老師喝道：「不許笑，潘希真不小心弄斷了腿，有什麼好笑？」大家聽了更想笑，因為她明明說不記我們名字的，怎麼又叫名字，而且叫得一點不錯。她蹬蹬蹬地走過來，幫我把蟑螂腿擺好，說：「再小心地畫。」我後座的同學沈琪，既聰明又頑皮，畫得一手好畫。她悄悄地說：「我來幫你畫。」她把蟑螂連紙拿過去，畫出來的卻是一隻奄奄一息俯臥的蟑螂，一隻斷腿離得遠遠的，一群螞蟻圍繞著，正想把它扛走。蟑螂的尾端，也有幾隻螞蟻在爬。邊上寫了兩個字：「施捨。」我看著，楞在那兒半天，心裡好難過，卻真佩服她想得出來。我說：「你畫的是豐子愷的漫畫嘛，馬先生一定更生氣了。」馬老師又蹬蹬蹬地走過來，看了下畫，一聲不響就把畫收去了，對我說：「現在不是上圖畫課，我要你們仔細觀察昆蟲。你就先只畫一隻腿好了。」沈琪向我做了個鬼臉，得意地說，「她一定很喜歡我那張畫呢。」

有一次國文課正教了〈笑笑先生傳〉，下一節就是生物課。十分鐘休息的時間，沈琪在黑板上寫了「笑」與「哭」兩個字，下面寫著：「你們看，哪一個字可愛？」馬老師進來了，對黑板看了一下，拿起板擦來先擦去「哭」字，再慢慢地擦去「笑」字。但她臉上仍舊是一絲兒笑意也沒有。沈琪忽然舉手問道：「馬先生，我知道猴子會笑，貓狗會不會笑呢？」馬老師說：「動物本能的動作和聲音，可以互相表達感情。也就像人類的語言和哭笑。我們仔細觀察就會分辨得出來。」另一位同學馬上追問：「那麼小麻雀會笑嗎？」大家想笑又不敢笑，馬老師瞪了她一眼說：「你大清早上自己仔細地聽好了。」大家老是問「笑」的問題，無非是想逗馬老師笑一下，因為我們都相信她笑起來一定很美的，但她還是不笑。

我們舉行春季遠足，級任房老師和馬老師是好友，她請了她一同去。房老師和藹極了，我們問她：「馬先生喜歡我們嗎？」她說：「當然喜歡，她說你們聰明又頑皮。」我們說：「那她為什麼不對我們笑呢？」房老師說：「你們看吧，今天我一定會逗得她笑。」

坐在西湖船上，沈琪已悄悄地畫下馬老師的像，是一張笑嘻嘻的臉。我說：「不像嘛。」她說：「等她一笑就像了。」

房老師開始講笑話了。她說：喜歡惡作劇的徐文長有一天看見一個婦人在墳上哭泣，他想逗她笑，就走到旁邊的墳上，跪下來祝告：「娘呀，兒子很窮，買不起吃的來祭你。想起您生前最最喜歡看兒子翻觔斗，兒子現在就翻個觔斗給娘開開心。」說著，他就一骨碌翻了個觔斗。逗得那婦人不由得掛著眼淚笑起來了。我們聽了也哈哈大笑。看看馬老師，果然抿著嘴兒笑了。沈琪立刻把畫像遞給她說：「馬先生，給您畫的像。」我們看看馬老師，又看看畫像，覺得沈琪畫得真像，因為馬老師笑了。

馬老師說：「沈琪，你這次畫的，比那次畫的斷腿蟑螂可愛多了。」原來沈琪的名字，她也記得清清楚楚。於是同學們都紛紛問她：「馬先生，記得我叫什麼名字嗎？」

「記得。」她說：「可是你們是第幾號，倒又不記得了。」她笑得更燦爛了。從此她上課不再繃臉了，我們對生物課也更有興趣了。

——原載七十三年五月二十六日《中央日報》副刊

頭髮與麥芽糖

每回梳頭髮梳得不順心，梳到右邊偏偏翹向左邊時，就只想拿把大剪子，卡嚓一下，把一綹不聽話的頭髮剪下，也馬上想起滿口甜甜軟軟的麥芽糖來。

麥芽糖跟頭髮有什麼關係呢？是我貪吃麥芽糖，把它黏在頭髮上了嗎？不是的，是因為小時候，我常常剪下頭髮換麥芽糖吃的。

每回聽到賣糖的咚咚咚地搖著博浪鼓來了，我就急急忙忙跑到後房，在母親堆破爛的箴簍裡掏，掏出破布、蠟燭頭、舊牙刷、玻璃藥瓶等等，塞在口袋裡，再急急忙忙跑到後門口，統統捧給賣糖的老伯伯。他一樣樣當寶貝似地收下，然後用小鐵錘在刀背上一敲，割下一片麥芽糖遞給我，糖薄得跟紙似的，一放進嘴裡，就貼在上顎的「天花板」上，讓它慢慢融化。眼前總是盯著那一大塊圓圓的糖餅，捨不得走開。看他竹籮裡塞滿了亂七八糟的東西，都是用糖換來的。有一天，我問他：「伯伯，你要這些東西做什麼？」

「換錢呀！都是有用的東西啊！破布可以做拖把，搓繩子，蠟燭頭也可以融開來再做蠟燭，玻璃瓶賣回工廠去。」他摸摸我的頭說：「頭髮和豬毛我也要，豬毛做刷子，頭髮結髮網。」

這一下我有主意了。每回母親梳頭時，我都耐心地在邊上等，等她梳完頭，我就幫她把梳子上的頭髮一絲絲理下來，用紙包好，等著換糖吃。母親看我變得這般勤快起來，還直高興，豈知我是另有用心呢。

可是母親的頭髮並沒掉多少，要累積好多次才能換來一小片糖。我老是問：「媽媽，你怎麼不掉頭髮嘛？」母親奇怪地說：「你這個ㄚ頭，難道你要媽媽快點老呀？」我連忙說：「不是的啦，是因為⋯⋯」還是不說的好，怕母親覺得不吉利，母親的忌諱是很多的。

於是我想起自己一頭豬鬃似的頭髮，又粗又硬，披到東邊，翹到西邊，好難看啊。就躲在房間裡，對著鏡子從裡面剪下一撮，再把外面的蓋下來，是看不出來的。可是一次次地剪多了，短頭髮就像茅草根似地冒出來，母親看到了，覺得好奇怪，問我：「你的頭髮怎麼了？」我結結巴巴地說：「太多了，好癢，剪掉一些。我看二嬸也是這樣從裡面剪的。」她大笑說：「傻瓜，二嬸梳頭，嫌頭髮太多不好梳，你是小孩子短頭髮，怎麼能這樣剪呢？再剪要變成癩痢頭了。」我只好供出來，是為了要換麥芽糖吃。母親想了想說：「不能再剪頭髮，我來找東西給他。」於是找出我小時候的舊衣服、鞋襪等等，包在一起交給我，我好高興啊！

賣糖的又搖著博浪鼓來了，母親叫我把東西給他，自己卻又捧了一大碗滿滿的米，走到後門遞給他說：「再給找一片，我要供佛。」老伯伯說：「小妹妹，這一包東西就很多，不要米了。」母親說：「要的，要的。這是大米，熬粥給孩子們吃才香呢。」

老伯伯切了三片厚厚的麥芽糖給我們，高高興興地走了。母親望著他的背影說：「那點破舊東西能換幾個銅板呢？看他好辛苦啊！」

我咬一口糖含在嘴裡，另兩塊捧到佛堂裡供佛。想起老伯伯接下母親那一碗米時，臉上快樂的笑容，覺得嘴裡的麥芽糖也格外香甜了。

——原載七十三年十二月二十三日《世界日報》

思「廁」幽情

文章寫到以茅廁為主，此人的靈感大概已到山窮水盡的地步了吧。其實廁所是人人生活中不可一日或缺的。只是絕不像供飲食的餐廳、酒吧，讓人們如數家珍，津津樂道而已。不過在比較年長的一輩，記憶中對於廁所的「沿革」，由鄉下惡臭四溢的茅坑，到今天豪華旅館美輪美奐的「化妝室」、「休息室」等等，半個多世紀以來，生活享受上的「日新又新」，也未始沒有一些值得回味的事兒呢。

日前讀小民寫故都風物的〈借光、二哥〉一文，才知道北平人是如此地多禮數與富於人情味。對清除廁所的工人稱「二哥」，一聲「借光」，尤為親切。而且對使用的工具，賦予「元寶」、「一輪明月」等美稱。於新年時，更在車額上貼起「一輪通日月，雙履定乾坤」的春聯。真可說得是「道在糞溺」。使辛勤負責的「二哥」，能以怡悅的心情，處理人人掩鼻而過的汙物。這篇文章，不免也引起我發思「廁」之幽情。

我生長在閉塞的農村，每天看農夫們在田裡工作，小孩子就嬉戲追逐於阡陌之間。可說百步之內，必有「芳馨」，那雖是供行人方便的公廁，卻是各家就自己田畝附近搭建，內中的天然肥料，也就界限分明各有所屬，所謂「肥水不落外人田」也。

有個笑話：一家人家要僱個短工幫忙，條件是不供三餐，卻必須在僱主家如廁。精打細算到這地步，可見鄉下人的簡省刻苦了。

那時許多人家，在自己家圍牆之內的隱蔽處，都搭有小型茅廁。我家算是「官宦人家」，所以圍牆內沒有茅廁，而且父親用的是從外路帶回的瓷質馬桶。他自己畫了一張像大師椅的圖樣，叫木工特製一個架子，坐上去穩若泰山，可以抽菸，可以吟詩。頑皮的小叔常常羨慕地歎息：「我若是有朝一日，能坐到這種太師椅馬桶，就算出人頭地了。」他說能用這種馬桶，就表現高人一等的身分呢。

那時每逢春秋佳日，許多外地遊客以及本村的人，都會來「潘宅」遊覽。摸著亮晶晶的玻璃窗和飛金屏風，都連聲嘖嘖地低喊著：「得意險啊！（家鄉話「好享福」之意）」最後，他們都要見識一下聞名已久的「太師椅馬桶」。母親總覺得很不好意思，父親卻不厭其詳地為他們解說這種瓷馬桶的衛生方便。他們聽著，嘴裡雖唯唯稱是，心裡卻未見得接受，因為我曾聽見他們悄聲地說：「那裡面摻了什麼消毒的臭藥水，就不能肥田了，多可惜？我就不相信那會有什麼毒。」

一般的木製馬桶，都放在大床裡的踏凳上，緊靠著眠床，外面再套個四方的木匣子。踏凳前方有深藍色帳幔低垂，非常隱蔽。馬桶由長工每三天傾倒一次，逢上初一十五，還得延後一天，因此常有異味瀰漫室內，不易放散。有的在妝梳臺上點燃一枝香，那種混合的氣味又是很特別的。富戶人家，那隻木匣是用名貴的金漆漆過，那就嚴密得多了。因此凡是娶媳婦的人家，新娘嫁妝進門時，做婆婆的就很注意那張有規模的木床與金漆馬桶。有的新娘嫁妝齊全到有兩隻馬桶陪嫁，一隻供現在用，一隻準備生產時用，裡面裝的是紅棗蓮子花生桂圓，是為討「早生貴子」的彩頭。可見做母親的，為女兒設想之周。但如果是後娘就沒有了。新娘過門如一年後尚未傳喜訊，婆婆就要說閒話了：「紅棗蓮子也不知擺在哪裡了。」這就是舊式婦女的悲哀。

記得我那位頑皮小叔娶親時，新娘是大戶人家的獨養女兒，嫁妝非常豐富。每樣東西都用一種叫做「芸香」的薰過。走過她的新房，真是香氣撲鼻的。可是小叔在第三天回門以後，就坐在我家廚房裡發牢騷，說屋子裡只有金漆香、馬桶香，就是沒有書香。因他自幼是個天才兒童，嫌嬸嬸沒有讀過書。母親勸他說：「你不要嫌啦！她又賢慧又標致，明年讓你養個大胖兒子比什麼都好。」小叔說：「照大嫂說來，還是接生用的金漆馬桶最重要囉。」

我最喜歡溜到嬸嬸新房裡，鑽進她的大床，跪在馬桶木匣上，仔細端詳床額上她親手繡的麒麟送子圖。也喜歡聞聞擺在梳妝櫃上的雙妹牌花露水香，鵝蛋粉香，覺得她真是位高貴的新娘呢。

長大一點後到了杭州，初時還沒有文明到用萬馬奔騰似的抽水馬桶。但裝木架的瓷質馬桶，卻非常普遍，家家都有，那就比較衛生多了。記得有一次四大名旦的梅蘭芳來我家拜會父親，女傭金媽正端了個瓷馬桶從邊門走去，恰巧看見父親送梅蘭芳出來，急急趕回來想一睹「芳容」，連馬桶都忘了放下，差點跟貴賓撞了個滿懷。風度翩翩的梅博士，朝她手中之物看了一眼，笑嘻嘻地向她點點頭，把金媽樂得幾乎昏倒。客人走後，才想起手中牢牢捧著的寶盒，生氣地往水泥地砰地一擺說：「鵝，拿格淘哉？（意謂我怎麼搞的嘛，這是金媽的紹興土話。）」我更是氣得直跺腳，都是她端著這個寶貝瓷缸撞來撞去，害得我不能從正面把梅蘭芳看個清楚，請他簽名。

我家蓋了新屋以後，父親最重視廁所的舒服，將它設計得特別寬敞，裡面安了茶几靠椅與小榻床。因他患有嚴重痔疾，如廁一次，非常辛苦，必須靠著休息好半天。他若一早上如廁順暢，這一天就氣爽神清，家庭氣氛也比較和樂，我心情上就感到格外輕鬆。所以每天下午放學回家，一進門第一件事就是問金媽：「老爺今天大解了沒有？」金媽如烏煙瘴氣地回答：「牛啦！（沒有啦）」我就悄悄地到自己屋裡磨那些頭大如斗的算術題。她如笑逐顏開地搶先告訴我「解過哉」，我就大搖大擺地去父親書房，陪他「吟詩」騙巧克力糖吃了。因此杭州新屋那間豪華的「休息室」，在我心中留下難忘的印象。

三十八年初到臺灣時，住的公共宿舍只有大樓幾處公共衛生設備，感到非常不便。兩年後配到一房一廳的小屋，第一次有一間屬於自己家專用的設備，雖是日式的，那分滿足，卻真是南面王不易焉。後來國民生活水準日漸提高，遷住公寓後，有了抽水馬桶，其躊躇滿志，更是不在話下。老伴兒總是說：「粗茶淡飯，可以甘之若飴，唯有一套清潔的衛生設備，卻是萬萬缺少不得的。」

美國家庭主婦，對洗手間的美化，非常重視。手巾手紙的色澤，必與瓷磚相調和。小几上的美麗盆花、小擺飾，梳妝鏡前的名牌香水等等，不一而足，進其中如入芝蘭之室。如果六一居士歐陽修生於今日，放洋新大陸的話，他那「三上」中的「廁上文思」，想當更為充沛吧。

我倒是想起有一年應一位中大同學的邀請，去她嘉義家中小住。她家有一間另外搭建出來的小屋，延伸到稻田之中，三面環水，格外清幽宜人。夜深人靜，但聞蛙聲嘓嘓，頗有「田水聲中一枕高」的情趣。令我難忘的是木板地上有一塊是活動的，可以來回抽動，下面的水田，就成了天然的抽水馬桶，既簡便也衛生，可見當年南臺灣農村生活的簡樸。這位同學，早已來美修得碩士學位，結婚生子，定居美國，不知她今天在舒適的美國式生活中，是否還會懷念起，嘉義老家的水田小屋，和靜夜嘓嘓的蛙聲呢？

——原載《中央日報》副刊

舊日情懷

一張玲瓏的琴几，一本封面破舊而印刷精美的原版《小婦人》，是一位美國鄰居搬家時將它丟棄，被我如獲至寶似地接收過來的。它們卻給我簡陋的書房平添一分溫馨與情趣。

我在小几正中擺一缽翠綠的蘭草，圍繞著它的是心愛的小擺飾——小動物、小花瓶、小娃娃。都是我離臺時小心翼翼地包好收在一隻八寶箱裡隨身帶來的。八寶箱裡小玩意無窮無盡，琴几太小，我只能每隔幾天調一批。調換時，一樣樣地摩挲把玩，一樣樣地追憶——這是家傳寶物，這是一位好友送的，這是小讀者寄來的，這是學生特地為我做的，這是我自己買的……每一樣都有一段親切的來歷，心頭感到好溫暖。

在臺北時，我有個玻璃櫥專擺小玩意，乾女兒稱它為「寂寞櫥窗」，意思是說：

感到寂寞時，對著櫥窗觀賞就不寂寞了。現在客居生活簡單，沒有買櫥子。不妨就把這張琴几布置成一座「兒童樂園」。讓自己的心靈徜徉其間，忘憂，亦忘年。

琴几下有兩根交叉的橫檔，我擺了幾大本最有紀念性的照相本。太古老了，有點不敢去觸摸它們，尤其是一個人的時候。只有在老伴兒興致來時，才與他一同翻開來一張張細看，細數如煙往事。有好友來時，也偶然抽出一本與他們共賞。可是那許許多多由照片引起的，刻骨銘心的記憶與感受，又豈是別人能體會得到，分享得著的呢？

書桌的一角，就擺著那本我極為喜愛的《小婦人》。我喜愛這本小說，不僅因為它是一部名著，作者以平易優美之筆，寫出人間無限親情友愛，包含著至高無上的倫理道德觀；更因為它是我初中時代，英文課裡所採用的讀本，我對它有著一份不尋常的感情與記憶。抗戰期間，轉徙流離，行囊中除了《論》、《孟》與《莊子》之外，英文書就只有這部《小婦人》與續集《好妻子》。我時常翻開來重溫舊課，一面回味著當年在課堂裡，慈愛的美籍施德鄰老師授課的情景。整個心靈就沉浸在她春風化雨般的諄諄教誨中，對於實際生活上許多的挫折與艱辛，都感到比較容易承當了。

施老師每回都以抑揚頓挫的聲調，領導我們朗誦書中最美最感人的篇章，並要我們輪流扮演書中不同角色，背誦對話。在每月的全校英文表演會上，全班同學都要充分準備，興奮地等待著抽籤上臺表演。她用種種活潑生動的方法，啟發我們的心智，訓練我們的說話能力，培養我們的文法基礎。當她講到忘我之境時，我們都覺得她就是書中慈愛的「馬區夫人」，我們就是圍繞在她膝下的一群頑皮女孩。

《小婦人》的譯者是鄭曉滄先生。他的第三個愛女鄭珊珊也是我們同學，比我們低一班。她嫻靜怕羞，彈一手好鋼琴，可是體質文弱多病，我們都覺得她有點像《小婦人》裡的三妹佩絲。不幸的巧合竟是，她也像佩絲一樣，因病早逝了。我們雖不同班，但對她印象深刻，都感到非常傷悼。學校為她舉行追思禮拜那天，鄭曉滄先生來了。他含著眼淚，對大家致辭說，「珊珊的性情非常溫馴沉靜，對文學與音樂極為愛好，小小年紀，已能協助我整理文稿，代我抄文章，她是我最最好的朋友和幫手。我在翻譯《小婦人》至佩絲之死時曾廢筆而起，心中似有不祥預感。沒想到她真的與佩絲一樣，早早離開我了。」當他講到他們父女相知之深，相依之切時，他已泣不成聲，我們也都淚下如雨。最後，鄭先生卻以低沉肯定的語音說：「請大家不要再悲傷，因為珊珊在人間雖只有短短的十幾年，卻活得很幸福、很快樂。如今她先蒙主召回去，我們一家終將重聚。在天國裡，大家都會再相聚的。」

他用手帕抹去眼淚，跨下講臺時，我看他兩鬢花白，步履蹣跚。在哀傷的聖樂中，我不由得茫然地想：「天國究竟在那裡？我們真的能和珊珊再見嗎？」

由於鄭珊珊的去世，我們更多了一分對生離死別的體認。在讀《小婦人》時，對於三妹佩絲的早逝，與二姊蜀對佩絲超乎手足之情的知己之感，也格外地感動了。

升高中以後，施老師雖不再教我們英文，卻時時勉勵我們要多多重讀這本好書。對我來說，《小婦人》、《好妻子》與續集《小男兒》始終是我最最心愛的書，也是我憂患苦難中的良伴。大學畢業回到故鄉，避亂山區，此書卻不幸遺失了。我就像失去一個可以朝夕傾訴的好友似的。幸好在一座高中圖書館中找到一本，花了半個月時間全部抄下來，這樣的抄本應該是比原版更值得珍惜的，到臺灣時也已帶了出來。沒想到服務法院時，放在辦公室抽屜中忘了上鎖，有一天竟不翼而飛了。與它同時失蹤的是我另一本手抄的「詩詞我愛錄」。這幾十年來，每一想起，心頭都嗒然如有所失。是哪個「愛書人」如此不諒，偷去我的兩種海內孤本呢？

現在，我又有一本《小婦人》原版書了。它愈是古樸陳舊，愈是牽引我的舊日情懷。每晚臨睡以前，我都捧著這本書，撫摸一陣，再翻開來隨意閱讀，隨心朗誦。施老師慈祥的笑容與語音就會在我耳邊響起，我又回到天真無邪的中學生時代。半生憂患，都拋諸腦後，然後懷著溫暖、感謝與寬恕的心情，酣然入夢。

夜深一枕夢迴，床頭的檯燈還亮著。哦，這檯燈又是老骨董，式樣古樸，銅質的燈檯非常扎實，它是一位闊別三十年，在海外重逢的老友送的。她原是一直把它收在地下室裡，如今送我應用。燈罩破了兩個小孔，朋友是位國畫名家，她隨興補上一對翩躚飛舞的蝴蝶。真有匠心，也助我於夢中化作忘憂的蝴蝶了。

現在我的書房兼臥室，已充滿溫馨可愛的舊物了。撿來的小琴几，它雖不是我使用過的，可是它的扎實又小巧，使我一見如故。我奇怪鄰居這一對年輕夫婦何以毫不愛惜地將它丟棄。可能是他們老祖母的吧。美國年輕的一代總追求新，房子、家具、汽車時常換新。他們不重視長輩的紀念品，有一次，我在車房大拍賣中，看到連貼有老長輩的相片本都擺出來賣了，看了令人心酸。我不由得凝視這張小琴几與下面的一疊貼相簿。有一天，我自己已無能力處理它們時，它們將會有怎樣的歸宿呢？想到此，不由自笑「人生不滿百，常懷千歲憂」的可憐。

我總是這般地難忘舊日情，覺得舊衣好穿，舊物好用，正如陳酒好喝，老朋友最可談心。這種戀舊情懷，在今日現實的工商業時代，豈不也是「一肚子的不合時宜」？

——原載七十三年十二月二十七日《中華日報》副刊

寶松師傅

每天早上，老伴兒提著公事包上班去，我總要從後面仔細端詳他的「髮型」，真是「橫看成嶺側成峰」，非常地自然瀟灑。心裡好得意，因為是我這個家庭理髮師替他理的髮。

在臺北時，他每週去理髮廳理一次髮，每三天去洗一次頭，到那兒往椅子上一靠，閉目養神，覺得也是人生一大享受。旅居在外，可沒這麼方便了。週末沒特別事，才能開車去理髮，來回時間，相當浪費。而且每回理完髮，對著鏡子，怎麼照怎麼不順眼。不是修理得光禿禿的像個「孩兒頭」，就是後頸窩剪得一刀齊，像個老人頭。看他一副愁眉苦臉，好像這三千根煩惱絲，比我們女人的還難伺候。於是我託朋友從臺北買來一把快剪刀，一條白尼龍大圍巾，決心自己來為他施展頂上工夫。

他是個相當注重儀表的人，把大好頭顱付與我，起先實在有點不放心，問我：「你真的會剪呀？」我說：「你放心吧，我的手藝還真不亞於臺北任何大理髮廳的理髮小姐呢，你可知道，我是自幼拜過師的。」自幼拜過師，他聽了好笑，牛未免吹得太大了。我卻確確實實地告訴他，我的師傅姓林，名叫寶松。有名有姓的，不由得他不信。

寶松師傅教我理髮的時候，我十歲還不到呢。當然不是什麼正式拜師學藝，但他確實教過我幾招基本手法，至今仍牢牢記得，只是一直英雄無用武之地罷了。童稚時代學的本領，到今天才拿出來使用，開始時自是有點生疏與戰戰兢兢，幾次以後，就一剪在手，遊刃自如起來。給他剪出來的髮，自認為是介於「孩兒頭」與「老人頭」之間的「壯年頭」，使他顯得精神抖擻，我也為之躊躇滿志。因此為他理髮，不是勞務，而是一份享受。手裡的剪子卡嚓卡嚓地響，嘴裡不免喃喃地念著：「這裡太厚，要打薄一點，寶松師傅教過我，剪子要斜起剪。」；「後面髮根要顯出微微梯形的斜坡，才不會土裡土氣出現皮膚與頭髮黑白分明的一條線。寶松師傅教過我，梳子要托著剪子，慢慢往上推。」……

究竟是怎麼個剪法，怎麼個推法，他根本看不見，也只有任憑我宰割了。倒是覺得我半個多世紀深藏不露的手藝，如今得以施展，他也頗為欣賞。我呢？一面理髮，一面沉浸在恍如昨日的童年情景中，為他細說寶松師傅。

五十多年前的農村鄉下，沒那個文謅謅地說「理髮」的，「理髮」就是「剃頭」，寶松就是我們鎮上的剃頭老司。只有哥哥和我才稱他寶松師傅。他十六七歲時，還在鄉村小學念高小。哥哥和我因家庭教師生腳氣病請假，一度在小學當旁聽生，所以和寶松是同學。寶松跟哥哥最要好，也很佩服哥哥「有學問」，說哥哥是讀書人，自己是粗人，粗人只能讀到小學畢業，就要幫父母挑起剃頭擔子做生意了。他為此心裡也有點難過，常問哥哥：「你說剃頭老司有出息嗎？」哥哥說：「怎麼沒出息，爸爸說的，只要認真幹活兒，行行都會出狀元。」他聽著高興多了。

他沒有娘，父親有氣喘病，他是非常孝順的。我們分給他好吃的東西，都要留點帶回去給爸爸吃。放學回家就做飯洗衣服。星期天還挑著擔子給村裡人剃頭去。好在那時的剃頭很簡單，無論老少，都是剃個和尚頭，寶松稱之為「打光光」。他給我們講過個笑話：徒弟學打光光，起先是在冬瓜上刮的。師父有事一聲喊，徒弟就把剃刀咚一下插在冬瓜上。後來學出司了，第一回給人打光光，絞臉布時也不由得把剃刀從和尚頭上一插，割得人滿頭是血。我們聽得笑彎了腰。

寶松頭上有個很大的疤，形狀像江蘇省地圖。有幾個頑皮同學常常喊他：「江蘇、江蘇、姓江名蘇。」好脾氣的寶松一聲也不響，哥哥就一拳打過去。他們說哥哥是倚勢欺人，自以為有個在外路做過官的爸爸。為此寶松還勸哥哥別生氣，也格外感激哥哥，我們三人就成了莫逆之交。

寶松畢業以後，果真沒再念中學，就正式開起半爿剃頭店來。另半爿由他鄰居國勤開裁縫店。國勤真是名副其實地勤奮，但因身體不好，連小學都沒念完，卻自己看了好多書，會講很多「古典」。寶松說：「他當裁縫真可惜了，他若是讀書，一定會當秀才。」哥哥說：「秀才是才，裁縫也是才呀。」國勤給自己取了個文謅謅的別號叫「秋風」。他說：「秋風如剪，因為我是拿剪刀的。」寶松說：「我也是拿剪刀的，只不過他是坐功，我是站功。」坐功的國勤身體很單薄，蒼白的臉總像在想心事，我們都喊他「白面書生」。聽說他有肺癆病，常常吐血，竟然在一次重傷風裡就死了。「秋風」只一陣子就吹過去了。寶松想起他來就哭，說他因為不甘心當裁縫，總是不快活，才會早死。寶松認為一個人注定的命，釘死的秤，就不要心比天高了。所以他很安心幹他的活，晚上有空就讀國勤留給他的書，不認識的字就問哥哥。他常常告訴我們，半夜裡看書，看到菜油燈都好幾次爆出燈花來。爆燈花是大吉大利的，我母親就說過，寶松這孩子一定會有出息的。

我們讀完書就到他店裡去，哥哥講故事，我幫著拿剪子、剃刀、耳挖子，幫著絞臉布。看他剃頭的手勢那麼純熟，跟在課堂裡寫阿拉伯字母，七歪八翹完全不一樣。尤其是給小學兩位留西髮的老師剪時，他更是聚精會神，慢雕細琢。我在一邊也看得入了神，默默地記住他的手法，回家就拿了母親裁衣服的大剪刀，和一把細細密密的黃楊木梳，給我的心愛黃狗剪起毛來。阿黃伏在我懷裡，舒服得直打哈欠，一身毛被我剪得七零八落。牠抖了幾下就去蹭媽媽，媽媽又氣又笑，哥哥去告訴寶松，寶松說：「你要學剪就在我頭上學。」原來他為了遮蓋頭頂那個大疤，已經留起西髮來了。但每回一低頭，那綹長髮就滑下來，仍舊露出光溜溜的疤。因而我不敢給他剪，生怕碰到他的疤，他心裡不舒服。其實他不在乎，總叫我仔細看他剪，然後在他後頸練習修剪髮根，剪刀與梳子配合著向上推，然後直起剪、斜起剪。那幾招基本動作，他教得很認真。確確實實把我當個徒弟，我也正正經經地左一聲師傅，右一聲師傅地喊他，喊得他好高興。

時代漸漸文明了，姑娘們剪去辮子，梳「中分頭」、「筒花頭」的一天天多起來，而且還有人燙髮呢。寶松就特地去城裡學了燙髮，買了兩把燙鉗回來。我要學的名堂也更多了。寶松在鎮上的名聲越來越好，哥哥高興地說：「寶松，你擔心剃頭老司沒出息，這下子你不是出名了嗎？現在文明時代，剃頭老司要稱作理髮師。理髮師與學校裡的教師都是師，地位平等。」寶松樂得咧開嘴，露出一顆閃閃發光的金牙。是生意興隆以後，特地去城裡鑲的。「阿爸叫我鑲一顆金牙聚聚財。」他說。

父親鄉居的一段時日，都是去城裡理髮的。寶松有一天歎口氣說：「我寶松若能給潘宅大老爺理個髮，該有多體面？」哥哥馬上去央求父親：「爸爸，寶松好想給您理髮啊。」父親笑笑說：「他會剪我這樣的平頭嗎？不是打光光喲。」母親連忙說：「怎麼不會？他剪得比城裡師傅還好。」就使眼色叫我們去請寶松，因為寶松理髮比去城裡理省錢多了。我們飛奔到店裡，拉著寶松說：「快，快到我家給爸爸理髮去，把你新買的圍巾帶去。」我們替他提著籃子，他傻楞楞地跟著走，一路上，他嘀咕著：「不對啊，大老爺剪的是將軍頭，我還沒剪過。將軍頭不能用推剪推，也不能用剃刀刮，要用剪子一釐一毫地修，我的手一定會發抖。」哥哥說：「你放一百個心，我爸爸和氣得很，他知道你很有名，一定會喜歡你的。」我們拚命給他打氣。

到家時，父親已坐在廊下藤椅裡等，母親果然說服了他。寶松結結巴巴地喊「大老爺」，哥哥說：「你喊伯伯嘛，我們是同學，你還是我妹妹的師傅呢。」父親也笑了。寶松打開雪白的圍巾，圍在父親脖子上，前後左右仔細地看了半天，小心地問：「大老爺要剪西式平頭，還是中式平頭？」父親奇怪地問：「平頭還有西式中式兩種嗎？」「有啊，中式的是中央平平的像稻草，四面方方正正的。西式的是中央高一點，四面八方圓下來，看起來格外年輕。」父親高興地說：「那就剪西式的吧。你倒是真仔細，城裡師傅都沒對我這麼說過呢。」我也不知道我的師傅哪來這一套本領，他給哥哥剪的，卻像頭頂上長了一蓬蔥，到底是西式還是中式呢？

可是寶松究竟是第一次給父親理髮，求好心切，不免有點緊張，剪著剪著，手就真的抖起來了。把父親的頭髮剪得高高低低長長短短，既不是西式，也不是中式，更不是將軍頭。哥哥和我好懊惱，母親卻一直在旁邊誇他。剪完以後，給他四角錢，他怎麼也不肯收，回店裡以後，直蹬腳生氣自己的手怎麼會這樣不聽使喚。他問我們：「大老爺一定很生氣吧。不過我覺得他好和氣，直喊我寶松寶松的，你媽媽真太好，有她誇我就夠了。無論如何，我總算碰過潘老爺的頭了。他是當過將軍的，我真想有一天會給他剪出個威風凜凜的將軍頭來。」

我們把這話告訴父親，父親只是笑，不到半個月，慈愛的父親竟叫我們陪著散步到寶松店裡，往那把唯一的椅子裡一坐，高聲地喊：「寶松，來給我剪頭髮。」寶松傻住了，結結巴巴地問：「大老爺，真要我剪呀？」父親說：「不要喊我大老爺，喊我伯伯。我現在不是將軍，也不是官，是個平民老百姓，你只管剪，剪個什麼樣兒的頭都行。」

寶松好高興，抖擻著精神，卡嚓卡嚓地，真的為父親剪出個有稜有角的將軍頭。又給他捶肩膀、挖耳朵，伺候得父親好安逸。因為他太賣力了，前額一綹頭髮滑下來又甩上去，甩上去又滑下來，光溜溜的大疤總是露了出來。我反倒覺得那個疤是寶松的記號，有它，才是哥哥的好朋友，我的好師傅。

剪完髮，父親給他四個角子，他硬是只收兩角，說：「價錢要畫一公道。本來這兩個角子都不該收的。給大老爺理髮有多體面啊?!」

街上來往行人都看見父親坐在寶松店裡，覺得好稀奇，都說：「寶松，你出運啦！潘宅大老爺都叫你剃頭啦！」寶松咧著亮晶晶的金牙，特別糾正說：「不是剃頭，是理髮。我給大老爺理個西式的將軍頭。」哥哥說：「這回你的手不抖了吧？」他說：「一點也不抖。阿爸對我說的，只要有手藝，皇帝的爸爸來，也要定下心給他理。人都一樣，沒哪個頭上多長一隻角呀。你看我今天剪得多順手？也因為大老爺那麼和氣，我心裡一高興，手就不抖了。阿爸說過，做事要心裡高高興興，就會順利。」

寶松真是個好人，我覺得在他那兒，並不只學到幾下剃頭的手藝呢。

父親帶了哥哥出門以後，我一個人就很少去寶松店裡了。因為我漸漸長大，老師對我功課盯得很緊，只有逢年過節，才有時間去他店裡，看他忙忙碌碌在工作。也不好像以前那樣，幫他拿剪子耳挖子，只有一聲不響地站著，看他雙手純熟的動作，在心中一一默記。

到杭州以後，我們就不通音訊了。

沒想到幾十年後的今天，我真會用得著這套本領，所以也格外想念起寶松師傅來。他如仍舊健在，已經是八十多高齡的老人了。想他一定不會再留摩登的西髮，一定只剃個「打光光」的和尚頭。那個江蘇省地圖的光溜溜大疤，也一定格外鮮明了。他，就是有特別記號的寶松師傅，我永遠不會忘記他的。

——原載七十三年七月二十六日《聯合報》副刊

阿標叔

阿標叔是我故鄉老家的花匠，年紀比長工阿榮伯伯要小十幾歲，所以我喊他叔叔。他們都是非常疼愛我的長輩。但我這個小小人兒，在他們兩個人之間，卻要花點心思給拉攏。因為阿榮伯信佛，阿標叔信耶穌。阿榮伯就是看不來阿標叔叔捧著一本《聖經》讀，每餐飯前還要低頭念念有辭地禱告。阿榮伯說：「我們又不是番人，番人才信番教。」阿標叔說：「佛祖也是印度人，不是中國人呀。」阿榮伯愈加生氣了，他說：「我們老祖宗多少代都是念阿彌陀佛的，誰聽見過什麼『野荷花』的？」我在一旁拍手大笑說：「是耶和華，不是野荷花啦。」阿標叔卻不作聲了。

每到星期天，阿標叔就放下所有的工作，捧著《聖經》去附近禮拜堂做禮拜去了。這也是阿榮伯最最不高興的。

有一天，他禮拜堂回來後，端張藤椅坐在廊下，專心致志地讀《聖經》。連母親喊他幫忙掃個地都不行。他說：「今天是安息日，只能給上帝工作，凡間的事是不能做的。」母親笑笑，也不勉強他。阿榮伯就說話了：「你看信『豬肚教』（基督教）的就是懶嘛。我們信佛的，只曉得一年忙到頭，哪有什麼安息日？安息日不吃飯、不撒糞啦？」母親連連搖手叫他少說兩句，我尤其著急，生怕阿標叔聽見了生氣。誰知他讀著聖經，早已呼呼睡著了。

老師從書房裡慢吞吞走出來，手裡撥著念佛珠，他是吃長齋的虔誠佛教徒。阿榮伯馬上問他：「你是先生人（讀書人），你倒說說看，這樣好的天色（天氣），大家都在忙，他坐在大太陽底下打瞌睡，信教的是這樣懶骨頭的呀？」老師說：「你不要看了他讀《聖經》就有氣。《聖經》也是經，《彌陀經》、《金剛經》也是經。信耶穌信佛都一樣，各人心裡有位神佛。神佛是慈悲的、圓通的，你若是看了信基督教的不順眼，就不像個信佛的了。」阿榮伯還是氣呼呼地說：「要麼，他就信佛，要麼，他不要坐在我眼面前讀《聖經》、打瞌睡，三餐飯前不要禱什麼告。」我搶著說：「阿榮伯，你這就不公平了，你不是每樣新鮮菜、新鮮水果，都要先供過佛，拜了三拜才坐下來吃嗎？」老師說：「對啊，你感謝菩薩，阿標是感謝上帝賜飯給他吃，人人都應當有感恩的心。」阿榮伯說：「穀米明明是我們種田人辛辛苦苦種的，就憑他坐在那裡讀《聖經》有飯吃啦？」母親大笑說：「你種了田，沒有天公保佑，風調雨順，穀米長得出來嗎？我們信佛的靠天，他們信耶穌的靠上帝，我想想也都是一樣的。」母親才真正是個圓通的人。她說：「只要是信教的，心裡時刻想著神佛，拿神佛做榜樣，就是好人，好人就有好報。」

聽他們這樣談論著，我也很有興趣，我去推醒阿標叔：「快吃中飯囉，阿標叔，你不是還要禱告嗎？吃了飯講點耶穌道理給阿榮伯聽嘛。」「是啊，是啊。」他連忙把《聖經》塞在大口袋裡，揉揉眼睛，走進廚房幫母親添火。他瞄了阿榮伯一眼，笑嘻嘻地衝著母親說：「太太，我講《聖經》上的故事給你聽。」阿榮伯馬上搶著說：「你不用講，我都聽過了。你們的上帝造了座叫什麼的花園，捏了個男人，吹口氣就活了；又抽他一條肋骨變成個女的，兩個人就算夫妻了。後來女的聽了鬼話，吃了個蘋果，就算犯罪了，哪有這等事，我就不信。」

「那是因為他不聽上帝的話，吃了罪惡的果子。」阿標叔連忙解釋。

「蘋果就跟柑、橘一樣，有什麼罪惡不罪惡的？這叫人怎麼個信法？後來上帝托胎給一個童貞女，叫馬什麼的，生了個兒子名叫耶穌。他長大了到處傳教，說自己是上帝的兒子，叫『野荷花』（耶和華），地方上人氣不過，就把他活活釘死在十字架上了。血一滴滴滴下來，就叫做寶血。阿標，你聽我講得對不對？」阿標叔說：「講得對，講得對，你的記性很好。」

我真沒想到阿榮伯他會一口氣講出這一大堆來，只是咯咯地笑。母親奇怪地問他是哪兒聽來的，他說：「阿標不是給你們講過嗎？有一天，我隨便坐在教堂後排，聽臺上也是這樣講的，越聽越不信，到要捐銅板的時候，我就溜了。」

母親只是笑，老師說：「這就是神的故事！神跟凡人不一樣。佛教的釋迦牟尼佛，是從母親的脇下掉下來的。一著地，就雙手合十，腳下開出一朵蓮花。」我說：「我看到過那張五彩照片，釋迦牟尼是個赤膊的小毛頭，穩穩地站在蓮花心裡，頭上還有個光圈呢。」

阿標叔不再說話了，他是很尊敬教書先生的，他也不像阿榮伯那麼一句句跟別人頂嘴。他悄悄對我說：「小春，上帝教人要謙虛，我不跟阿榮伯辯，他年紀比我大。我只有為他禱告。」我連忙學著他的口氣說：「願上帝的靈，進入他心中。」阿標叔摸摸我的頭笑了，說：「我也為你媽媽和你禱告。」

但我卻不要上帝的靈進入我心中，那樣我會很矛盾。我跟媽媽和老師一樣，要信佛信到底，不可三心兩意。不過對阿榮伯和阿標叔兩位完全不同信仰的人，都是一樣地敬愛。

阿標叔的工作，就是照顧整個院子的花木，還有每天擦一次全個屋子的煤油燈檯和燈罩。他說花木是老爺最喜歡的，煤油燈是太太最喜歡的。其實母親喜歡點菜油燈，也難得點蠟燭。她嫌煤油燈太貴了。於是阿標叔給她特別設計一盞小小煤油燈，只用一根細細的棉紗做燈心，卻仍舊很亮。既可以端，又有個環可以拎，燈罩外面還繞了一圈細鐵絲網，讓母親提著在走廊裡不會被風吹熄，又不容易碰碎。母親好喜歡，誇他真像個讀書人，斯斯文文的，做起事來，慢工出細活。

他每天大清早都要在花園裡修剪花木，我常常拿本書，邊讀邊跟著看。他指著花木，一株株念名字給我聽。說每種花木澆水的分量都不一樣，尤其是蘭花要格外小心。他把十幾盆蘭花從玻璃房裡端進端出的，花開了，就捧到書房給父親欣賞。父親教他一句詩：「開門不及閉門香。」是唱小生的姜妙香作的，他牢牢記住了，常常念著這句詩說：「真作得好，人也要這樣，開門不及閉門香。」老師稱讚他究竟是信教的，很有靈性。我告訴阿標叔，他好高興，這話幸得阿榮伯沒聽見，否則他又要跟老師辯了。

阿標叔雖然信耶穌，卻常常剪下開得最漂亮的茶花、菊花或玫瑰花，讓我捧給母親供佛。有一次母親把供過佛的玉蘭花瓣和了麵粉雞蛋煎了當點心，叫做「玉蘭酥」。阿標叔說真好吃，母親笑笑說：「這是供過佛的喲。」阿榮伯又說了：「供過佛的，你也吃呀？」

原來阿標叔是不吃祭過祖、供過佛的東西的。這一點，母親正式對他說過，叫他圓通點，祭過祖先、供過神佛的東西，只要在灶頭上打個圈，就算是重新煮過了，他連聲說：「是是。」阿榮伯說：「我看太太要分個家，一半請菩薩保佑，一半請野荷花保佑。」母親說：「只要心好，菩薩和上帝一樣保佑。」母親比讀書人還圓通呢。

每天下午太陽偏西以後，阿標叔就要擦煤油燈了。我幫他把大大小小的燈統統捧到一張長條桌上。他先用一塊黑漆漆的布擦去油煙，再用另一塊布蘸了洋油擦一遍，最後用一塊細軟的白布，把一個個玻璃燈罩擦得晶亮，對著粉紅的陽光，照了又照。阿榮伯走過時就說：「這種燈罩殼，我一下子就擦好了，他要磨一個半天，我三畝田都耕了。」阿標叔一聲不響，我說：「不一樣呀，耕田是粗工，擦玻璃燈罩是細活呀。」阿榮伯一直都很寵我，我幫阿標叔說話，他倒也不生氣，但我希望他們要好起來是很難的。不過有一件事，他們是很合作的。就是夏天的早上，阿榮伯和長工把篾簞背出來，在曬穀場上攤開，再一擔擔挑出穀子來曬。阿標叔一定幫忙一起背簞子，一起撥穀子。下午收穀子時，他正在擦油燈，手有洋油臭，就不插手了。但逢到陣雨，他馬上來搶救。看他們同心合力的樣子，我心裡真希望他們都信一種教就好了。

有一天，阿榮伯不小心扭傷了腰，痛得不能動。阿標叔說：「老哥，我來給你推捺幾下就好啦。」他喊他「老哥」呢，我聽了真高興。他捲起袖子，運氣一番，雙手掌心抹了菜油，對搓得發熱以後，在阿榮伯腰子眼上使勁地推拿。並對他說：「老哥，推拿很痛，忍一下就好了。」一聲聲的老哥，喊得阿榮伯打皺的臉上，都笑出一朵朵花兒來。他就是要人捧得他高高的，我想他一定不再生阿標叔氣了。半夜裡，阿標叔還起來兩次去看他，給他推拿，還熬了草藥給他喝，第二天就好多了。沒想到阿標叔還是個傷科醫生呢。

阿榮伯腰痛好後，果真跟阿標叔好起來。我真高興，因為我們三人可以一起下「茅坑棋」，猜「豆子拳」了。阿標叔下棋猜拳總是輸，輸了就摸出十個銅板給我買麥芽糖吃。阿榮伯卻總是贏，贏了摸出二十個銅板叫我買花生米下酒。喝了酒就講酒話、唱小調。阿標叔卻不喝酒，也沒勸阿榮伯別喝，說酒是活血的。他只勸阿榮伯別推牌九，說這種賭輸起來沒個底，通宵賭又傷身體。阿榮伯笑笑，但總是不肯戒，說自己孤老頭兒一個，留起棺材本就夠了，賭也是尋快樂呀。

阿標叔也是單身，當兵退伍以後，沒有討親，他卻很節省。省下的錢常常捐給教會救濟窮人。阿榮伯很感動地說：「我要戒賭，把錢拿去捐。」說歸說，賭還是賭，母親說：「給你想個辦法，每回賭以前，先抽出一點，贏來的也抽出一點，到年底一起捐，也是積少成多。」他真的照這樣做了，把錢捧給母親說：「太太，放在我枕頭下還是會輸光，你代我存起來。」阿標叔非常感動，勸他去做禮拜，他把頭搖得博浪鼓似地說：「做禮拜我不去，你忙你的基督教（這回他不說「豬肚教」了），我還是信我的觀世音菩薩，在天上的神佛都一樣，我們不要分家了。」他們就這樣做著好朋友。

我到杭州以後，進的中學，正好是個教會學校。第一年暑假回到家鄉，第一件事就是告訴阿標叔，我也聽了許多牧師講道。有的講得很好聽，很感動人。阿標叔高興地問我，「那麼你信不信耶穌是救主呢？」我很不好意思地搖搖頭說：「我還是信佛，因為爸爸媽媽都信佛，老師也信佛。而且我總是相信釋迦牟尼佛是從他媽媽脇下掉下來的，一著地就一雙小胖手兒合掌，腳底下開出一朵蓮花，頭上有一個光圈。」阿標叔慈愛地笑笑說：「耶穌頭上也有個光圈啊。不過信佛也一樣，只要你好好做人。」我頑皮地加了一句：「上帝也會祝福我的，是嗎？」阿榮伯傴僂著身子，抬頭看看天空說：「天堂總只有一個，不要分家了。」

眼看我敬愛的兩位老人，這樣融洽，我心裡真安慰。我記著學校裡老師說的，「宗教的信仰，是給人心中樹立一個行為的準則。佛的慈悲，耶穌基督的博愛，孔孟的仁義，都是最高的道德標準。一個凡人，能做到多少是多少。做一個心地光明，行為正直的人，信佛的有佛保佑，信基督的有上帝祝福，儒家則說是『君子坦蕩蕩』『求仁得仁』。」我把這話慢慢兒一句句講給二位老人家聽，他們都誇我到了外路，念了一年洋學堂，就好像很有學問起來了，我也不免有點得意呢。

升高中以後，我就很少回家鄉，只在與叔叔通信中，常問起二位老人家的狀況。嗣後戰亂流離，更沒機會再見到他們。算算他們的年齡，想早已往升天國或天堂了。阿榮伯說的「天國天堂不分家」，那麼他們老哥老弟二人，又可快快樂樂生活在一起了。

——原載七十三年八月十五日《中華日報》副刊

簫琴公

簫琴公當然不會姓「簫」，但也不是姓蕭，到底姓什麼，我竟然完全不記得了。只記得頑皮的阿庵小叔，用肥肥胖胖的，哥哥稱之為魏碑的字體，在一張土黃色的紙上，寫上「嘯琴軒」三個字，貼在簫琴公房間灰土土的板壁上。學問比我好得多的哥哥，直誇這三個字有氣派，會叫嘯的琴也有氣派，我可一點也不懂。因為這位阿公年輕時會吹簫，現在還是會拉胡琴。我們就喊他「簫琴公」。阿庵小叔就簡稱他「簫公」。父親總是恭恭敬敬地喊他「嘯琴先生」。因為他是父親的前輩。

每當母親削出一盤水汪汪的雪梨或荸薺，端到父親面前時，他就會想起小時候與簫琴公的一段故事，他對我們講過好多遍了。我們卻總聽不厭，因為父親每回講的時候，總把我們的想像帶到古老的大宅院裡，看著他小小的身影，和見到大人時的窘迫神情。就覺得眼前這位偉大嚴肅的父親，也是和我們一樣，從小長大的。心裡也就不那麼畏懼他了。何況講完故事，他總是把一碟荸薺全分給了哥哥和我。

父親十歲坐完蒙館，正式進學，由爺爺牽著去拜見地方紳士嘯琴先生。他的房子好大，走了好幾進，穿過好幾個天井，才到他的住屋。他正坐在一張披著老虎皮的太師椅裡，交叉擱起大腿，搖晃著腦袋瞇起眼睛拉胡琴。父親在他面前跪下去磕響頭。他只微微睜開眼睛，用翹起的腳丫子點了幾下說：「起來，起來。」腳趾頭都要碰到父親的鼻子尖了。屋子裡瀰漫著鴉片煙霧，床上擺著整套鴉片煙具。閃亮銀墊的煙燈，有稜角的玻璃罩裡亮著熒熒的火苗。煙盤邊擺著一碟削好的雪白荸薺。嘯琴先生起身用染滿煙膏的黑漆漆的手，抓了一把荸薺給父親，父親雙手捧著，倒退著走出門去。緊張得連他的臉都沒有看清楚。忽又聽他喊道：「後生兒（家鄉話年輕人的意思），回來，回來。」父親又轉身進去，他在口袋裡摸出兩塊亮晶晶的銀洋錢，遞給父親說：「呶，給你買新衣服穿。進城念正式學堂了，要著得體面點。」父親望著爺爺，只是不敢接，兩塊白花花的銀洋錢哪，夠買半畝田了。爺爺低聲說：「接下來吧，說聲多謝先生。」父親一手緊捏著銀洋錢，一手捧著濕漉漉的荸薺。再恭恭敬敬鞠了個九十度的躬，蚊子叮似地說了聲謝謝，再倒退著走出房門。這第二回，他看清楚嘯琴先生的臉了。四四方方的，鼻梁很高，繞在脖子上的辮子，和眉毛都很黑，兩頰紅噴噴的，眼神很和善。爺爺說嘯琴先生是很有氣派的紳士，地方上數一數二的富戶。父親在回家的路上，心裡一直想：「把書念好了，我將來也要回來當紳士，跟嘯琴先生一樣，瞇起眼睛拉胡琴。大煙嘛，少抽一筒把也不要緊，有『後生兒』來了，也給他兩塊銀洋錢，多神氣啊。爺爺教我背《史記》，漢高祖說的，『大丈夫當如是也』。」

二十年後，父親陸軍大學第一期畢業，又去日本遊學歸來，官拜旅長，榮歸故里掃墓，立刻想起了嘯琴先生，就去拜望他。哪裡知道他那座好幾進的大屋，已經和田地一起賣出去了，自己搬到旁邊原是堆雜物的倉房裡住，四面連扇窗子都沒有，只有一扇窄窄的門，門板是向上推的，父親身子很高大，彎下腰才鑽進黑漆漆的裡面。嘯琴先生橫臥在一張竹床上，吞雲吐霧地抽大煙。一聽說潘旅長來拜客，慌張地跳起身來，不及下床，就站在吱吱咯咯的竹床板上，向父親抱拳回禮。連聲地說：「不敢當，不敢當，恭喜旅長你做大官了。」

父親面對這情景，吃驚得說不出話來，二十年的歲月，怎麼會把他折磨成這個樣子？他兩頰深陷下去，皮膚灰黑，辮子剪去了，稀稀疏疏的白髮，散在頭頂與額角上。嘴巴癟下去，鼻子雖然越加高了，但再也看不出一點富貴相、紳士氣派了。再看看竹床上，是一張舊報紙，墊著煙槍和煙燈，不是亮晶晶的銀墊透明的玻璃罩，而是半個蛋殼覆在小瓦缽上，火苗從中間的孔裡冒出來。父親站在那兒看呆了，心裡卻好難過。

回杭州以後不久，就收到嘯琴先生的信，說那間小倉房也燒掉了，貧病交加，無家可歸，懇求父親能收留他。父親馬上派人把他接到杭州，讓他安心養病，勸他決心把大煙戒掉。

父親官升師長以後，曾一度接母親帶著哥哥和我，去杭州享福。不久，阿庵小叔也被接出來念中學。我們一見嘯琴先生就像他鄉遇故知一般，一老三少，成了好朋友。哥哥和我就「簫琴公簫琴公」地喊他，他那沒門牙的嘴，常常露著舌頭笑得合不攏，他說一生從來沒有這樣快樂過。

父親的官邸大宅院是租來的。簫琴公就住在最後靠圍牆的三間小平房裡，離正屋很遠，中間隔著一片很大的桃樹林。一條彎彎曲曲的石子路，通到小屋門前。那兒人跡罕到，冷冷清清的，聽說以前還鬧過狐狸精，父親搬進來以後，陽氣一盛，精怪就嚇跑了。

父親叫馬弁把這裡打掃出來安頓簫琴公，是因為怕他一時戒不掉大煙，煙味不至於送到前面，他吹簫拉胡琴，也不會吵到前面。而我們三個小人兒，就最喜歡這荒島似的三間小屋，它是我們逃學的藏身之處，也是躲大人責罵的避難所。最怕見父親的阿庵小叔，就索性搬進去與簫琴公一同住，在牆上貼起「嘯琴軒」三個字，表示「別有洞天」。但因四面是桃林，光線很暗，棉布門簾又都長年下垂著，窗戶不開，走進去總是黑漆漆，煙霧騰騰的。混和著簫琴公身上散發出來的香菸味，濃茶味，還有一股酒氣。阿庵小叔說：「這叫做『五味和』。」這原是家鄉一爿醬園的名稱。

簫琴公的一支簫，掛在床頭欄杆上。不時取下來撫摸一陣，湊在乾癟的嘴唇上，伸出舌頭一舔一舔地吹，但因門牙掉光了，漏口風，吹的聲音一下子高，一下子低，不知是什麼調子，一點也不好聽。簫桿倒是被摸得油光發亮，變成紫檀色了。我聞聞簫頭上有一股酸臭味，立刻遞給哥哥，哥哥拿它當短劍來舞，簫琴公就會心疼地喊：「灰（勿）舞，灰舞，這是我的傳家寶，不要把它碰裂了。」

他的另一件傳家寶胡琴，掛在牆上。他高興起來，就取下來拉，邊拉邊唱。唱的是家鄉調，詞兒也聽不清。阿庵小叔捧來一個舊留聲機，只有一張缺了角的馬連良唱片，一面是《蘇武牧羊》，一面是《甘露寺》，因此小叔兩齣都學了一半。哥哥說他唱起來帶鼻音，很像馬連良呢。簫琴公拉起胡琴配上了，他們越拉越唱越高興。阿庵小叔吹簫一學就會，一時絲竹滿耳，「嘯琴軒」頓時熱鬧起來。母親常常送糖果點心來，也坐下聽半天，要簫琴公唱〈十送郎〉的家鄉小調。她聽得入神，露出一臉恍惚的沉思。她送的零食，其實都被我們大嚼而光。特別給簫琴公的是一罐大英牌香菸，和一個扁扁的小鐵盒。我知道那裡面是簫琴公的寶貝——一粒粒的煙泡。

父親要母親對他的吸煙量嚴格管制，只給煙泡，不給煙膏和煙具，而且煙泡漸漸縮小。簫琴公每回都萬分珍惜地打開盒子，湊在鼻子尖聞聞，有時伸出顫抖的舌頭舔舔，非熬到煙癮發得眼淚鼻涕直流，才扳下一小粒用茶水吞下。看他這樣子，我就會想起父親講他的十歲進學時去拜見他，和二十年後再去拜訪時的不同情景。哥哥文謅謅地說：「這就叫做往事如煙，不堪回首。」母親說簫琴公肯下這樣大的決心戒大煙，是要有很大毅力的，他究竟還是戒掉了。阿庵小叔看他煎熬得這麼苦，歎著氣對他說：「簫公呀，人生幾何呢？你偌大年紀了，何必這樣苦，有煙泡就先吞吧！真沒有了，大嫂總不能眼睜睜看你受罪，會再給你送來的。」他卻搖搖頭說：「灰夢講（勿亂講），我若再不把這東西戒掉，你大哥會把我趕出去的。」

他說話時，乾癟的嘴唇皮有點顫抖，神情很悲傷。阿庵小叔卻滿不在乎地說：

「你放心吧，大哥不會趕你走的。大哥自己也抽的呀。」哥哥馬上反駁道：「爸爸並不真正抽，媽媽說有客人來時才陪他們抽一筒，這叫做『抽爽煙』。是沒有癮的。」阿庵小叔只是笑，一副不相信的樣子。我心裡想，爸爸一定不會真正抽大煙。不然，他穿起軍裝，騎上那匹大白馬，不會那麼威風凜凜的。何況他時常給我們講簫琴公抽大煙抽得傾家蕩產的事，叫我們凡事要立志，要自己把握得住。

簫琴公也時常對我們誇讚父親是位勇敢的軍人，不忘本的君子，才會把一個沒人理會的貧病老頭兒接到家裡來養著。他這麼一說，我眼前就出現他摸出兩塊白花花的銀洋錢遞給父親的情景。母親說：「你爸爸是個最記得人恩情的人。十年風水輪流轉，並不是風水真的會轉，是叫人要守得住風水。人生一世，草生一春，總要從頭到尾都興興旺旺的。」我後來想想，母親在鄉下過著餵豬養雞鴨的日子，穿的是藍布罩衫、青布褲。到杭州做官太太了，還是一身藍布罩衫青布褲，母親就是個守得住風水的人啊！

阿庵小叔的京戲唱得有板有眼，胡琴與簫都會吹。簫琴公總是對他說：「阿庵，我看你聰明絕頂，學什麼像什麼，將來我把這兩樣東西送給你。這是我阿爸傳給我的，他沒想到基業都給我敗光，就只剩這兩樣東西了。」他彷彿把阿庵小叔當作衣缽傳人的樣子。阿庵小叔卻似聽非聽，從大英牌盒裡抽出一根香菸，煞有其事地將菸頭在大拇指甲上豎起來敲了半天，點燃了。我只當是給簫琴公的，他卻啣在自己嘴唇上了。哥哥和我瞪著他，齊聲說：「你不要抽香菸嘛。」他笑嘻嘻地說：「香菸有什麼關係，又不是大煙。」簫琴公伸手將菸拿過來說：「阿庵，你不要學我，你沒看我今天落到這個地步嗎？」阿庵小叔說：「我阿爸也抽大煙，我娘埋怨他。他說我家的祖父錯做在鴉片煙山上，子孫代代都會抽大煙。簫公，你若是有兒孫，他們就會供你抽的。」簫琴公說：「我老婆都跑了，哪有兒孫，阿庵，你可得學好啊。」

哥哥和我都很佩服阿庵小叔聰明有肚才，又會帶我們玩各種遊戲，但他那副玩兒不當正經的樣子，使我們很生氣。母親說：「這就是你爸爸為這個堂弟，恨鐵不成鋼，最傷心的地方。」因此我們對簫琴公肯毅然戒煙，格外敬佩。對他勸阿庵小叔的話，也牢記心頭。

那三間小屋，白天靜悄悄的，到晚上可就熱鬧了。我們讀了一天的書，晚上不願再上夜自修，就都躲到這裡來，有腳氣病的老師不會摸黑找來的。簫琴公和阿庵小叔又拉又唱，加上天花板上的狐狸，像千軍萬馬似地，奔來奔去，有時都會跑到地上來，嚇得我往簫琴公汗酸臭的床被裡鑽。阿庵小叔看了《聊齋》，喜歡加油加醬地講鬼故事，聽得我直打哆嗦。他還說桃樹林裡也有女鬼，害得我桃園裡也不敢去了。桃子成熟時，掉了滿地，比我膽子大的哥哥進去撿了滿籃。有一天忽然發起高燒來，簫琴公說是中了邪，竟然畫了一道符，要母親拿到桃林下燒成灰，和了他煎的藥喝下去就好了。我問母親，真的桃樹林裡有鬼嗎？母親說：「我信佛，不怕鬼，不過簫琴公好心，要我這麼做，就依他做了。」我忽然問簫琴公：「你大煙癮來了，這樣難過，為什麼不燒一道符吞下去呢？這樣不就把煙戒了嗎？」他楞了一下說：「對呀，我怎麼沒想到呢？」我明明知道他是哄我的，但他那一臉的沒奈何，卻使我感覺得出來。所以哥哥說簫琴公跟我們玩樂時，表面上很開心，內心還是很寂寞的，因為他畢竟是寄人籬下的孤獨老人，過去那種地方紳士，富貴閒人的好日子，就像做夢般永遠消逝了。我們那時雖都還不到十歲，但天天看父親全副武裝，由馬弁前呼後擁地去司令部，回來時也是由他們一路吆喝著進大門來，不由得會時時想起當年被父親恭恭敬敬磕響頭的簫琴公，如今孤苦零丁地住在大公館最尾巴處的小屋裡。父親事忙，從來也沒去看過他，只偶然向母親問起：「嘯琴先生好吧。」母親常對我們說：「少年時吃苦不算苦，老來苦，才叫苦。」要我們克勤克儉，積福積德。

不到兩年，簫琴公內臟不知患了什麼病，送到醫院去，還是不治逝世了。

那三間「嘯琴軒」的小屋，頓時陰森森地冷清起來。阿庵小叔說那支簫和那把琴，半夜裡都會發出嘶嘶的聲音，聽得人寒毛直豎。「嘯琴軒」的琴真的叫起來了，他也害怕得不願再住在裡面了。

不久，父親忽然辭去師長不要做官了，母親帶我回故鄉，哥哥被帶去遙遠的北平。阿庵小叔不肯念完中學也回到家鄉來。我問他有沒有帶著簫琴公生前說過要送給他的簫和琴，他說：「我把它統統燒了，讓他老人家自己帶走吧。」他反歎了口氣說：「什麼都只是過眼雲煙啊。」他總是一副老氣橫秋的模樣，什麼事都好像看透了似的。

我第二次再到杭州，已開始念中學，住的是新租的洋房，卻不時懷念著以前那所大宅院，那一片陰森森的桃樹林，和暗洞洞的嘯琴軒三間小屋。簫琴公逝世好幾年了，阿庵小叔不肯上進，年紀輕輕的，竟然也染上了大煙癮。最痛心的是哥哥去北平才一年就生病去世了。我痛失手足，想起阿庵小叔的那句話：「什麼都只是過眼雲煙。」心情不免黯然。

——原載《中國時報》「人間」副刊

碎了的水晶盤

我愛亮晶晶的小玩意，水鑽別針、戒指，以及一切小擺飾之類的，怎麼土氣、怎麼俗氣都沒關係，只要是亮晶晶的就好。別在前襟，套在手指上，擺在桌上或書櫃裡，都是越看越可愛。因為其中包含了無限溫馨的友情，和許許多多遙遠的懷念。

懷念中，卻是非常懊惱，因為一包亮晶晶的水晶盤碎片，由於幾度的搬遷，竟然不知去向了。

只因那些碎片無法拼合，更不能擺出來，所以格外寶愛地把它包起來，收在一個安全而又容易發現的地方。因為我時常要取出來看看，想想那一段與水晶盤有關的故事，如今卻找不到了。可是水晶盤在我心中，永遠是玲瓏剔透而完整。因為它原來的主人，是那麼一位賢淑美麗的好女子。

她是位異國的少婦，我卻是喊她三叔婆的。她鄭重地把它託付給我，要我轉給三叔公。我卻沒有把這件事情辦好，辜負她的叮囑。水晶盤被砸得粉碎了，不是我不小心砸的，而是三叔公的另一位太太砸的。三叔公默默地俯下身去，拾起再也無法還原的碎片，遞給了我，我也默默地接下來。不知道他當時的心有沒有碎。

三叔婆呢？卻帶著碎了的心，回到她自己的國家——南美洲的巴西去了。屈指算算，已經是半個世紀以前的事了。她即使還健在的話，已是白髮皤然的老婦人了。

那一年我暑假回家鄉，第一次見到三叔婆，她正是二十多歲的少婦，她的碧眼高鼻和金黃柔髮雖然很美，仍然引起全山鄉人的好奇心。我已在教會學校念書一年多，見過好多母親所謂的「番人」，但是面對著這位要喊她三叔婆的妙齡番人，我也期期艾艾地有點膽怯喊不出來。可是她是三叔公的嬌妻，應該是名正言順的叔婆。三叔公也才是三十出頭的英俊男子。他們一房人丁不旺盛，所以他年紀輕輕的，輩分卻好大，我們家鄉稱這種輩分叫做「水牛背」。

「水牛背」的三叔公，在那個時代就開風氣之先，遠渡重洋，去南美洲經商，更開風氣之先地娶了一位巴西少女。她給他生了個又壯又活潑的兒子。兒子長大到五歲時，三叔公由於老母的催促，動了思歸之念。把妻兒帶回自己的家鄉，一直帶到窮鄉僻壤的山村，拜見老母。

老母雙目半盲，隨時得有人攙扶伺候。她想念從年輕守寡、辛苦撫養長大的兒子，也高興他已為她生了孫子。可是不能接納的是這個番邦兒媳。當他們雙雙在母親面前拜下去時，老人家身邊就站著一位精明幹練的外甥女。是她早已認定要做自己的兒媳，卻被三叔公忘得一乾二淨的老小姐。

說起來，他們並沒有青梅竹馬的童年，三叔公從小就志在四方，在山鄉祠堂小學念了幾年書，就跑到城裡去學生意。父親去世了，母親的眼睛哭成了半瞎，他不是不內疚。可是也許是由於他太不喜歡，像個小老太婆的表姊吧，他寧可背負不孝之名，輾轉地出了國門，遠適異國而去。我如今想起來，所謂的「代溝」，和青少年為自己的理想與婚姻自由，而反抗含辛茹苦的長輩，真是自古已然，於今為烈吧。

想想三叔公要說服妻子，拋開出生長大的家園，遠別親人，投奔一個完全陌生的東方國度，如果不是她對丈夫愛的堅貞，和不可割捨的母子之情，她怎能有這一分勇氣。也真欽佩她嫁了一個中國丈夫，就會有中國舊時代「嫁雞隨雞、嫁狗隨狗」，和對長輩必須盡孝的道德觀念。

聽母親說，她一進山村老屋大門，所有的長輩妯娌，就沒有給過她好臉色看。言語不通，習俗不同，尤其增加她的痛苦。但她總是委曲求全，低首下心地試著走進黑漆漆的廚房，幫忙洗碗起火，卻被聲色俱厲的瞎子婆婆敲著枴杖，喝令她快快滾開。嚇得她跪在泥地上哀求，都不能獲得一絲諒解。婆婆多年來的怨氣都出在她身上，認為是她拴住了兒子久客不歸。身邊那個一直愛著表弟、伺候姨母、克盡兒媳之道的表姊，更把她看成眼中釘。

母親敘述到這裡，長長地歎了口氣說：「也不能怪她，在我們這種鄉下地方。一個姑娘過了三十不嫁，還能有什麼打算，別人又會用什麼眼光看你呢？」

「您是比較同情她的囉！」我忍不住問。

「我只覺得她傻得可憐。換了我，就出家當尼姑去。」

「我卻同情這位巴西叔婆，她是無辜的。」

「三個女人都是無辜的。若我是老太太，當然也疼自己外甥女。不過她不該強迫兒子叫她走，又強留下孫兒，硬生生拆散母子。又慫恿外甥女百般欺凌她，甚至用柴棒打她，她受不了苦，才逃到我們家來了。」

「有這樣不講理的事，那麼三叔公呢？」

「他就像變了個人，再也沒有當年敢做敢為的勇氣了。見了老母，結結巴巴說不出話。他似乎在懺悔多少年來背母遠行的罪過，要想以沉默不反抗為補償。」

「但是他不能讓妻子背十字架呀。他應當帶妻兒再出走。當年是怎麼決定的，就得自己負責到底。」我氣憤地說。

「你不要這麼激動，你且看看身受其苦的三叔婆是怎樣待她丈夫的，真為她難過啊！」好心腸的母親，遇到人家婚姻上的挫折，說起來就一把眼淚一把鼻涕的，我就知道她自己那顆心有多苦了。不然，她為什麼要一個人住在鄉下，不去大城市裡跟著做官的丈夫享受榮華富貴呢？母親說：「舊式女人總是認命的，像三叔公的表姊那樣武則天似的，我也看不來。」看母親的心也好亂，她究竟在同情誰呢？

我們談論著的時候，嫻靜的三叔婆從房間裡慢慢走出來，一手捧著一個小小的盤子，一手捏著一個梨。那個盤子真玲瓏漂亮，一定是外國玻璃的。我當然不會說巴西話，英文也只有初中程度的幾個單字。我用家鄉話喊她一聲叔婆，她聽了好高興。端莊地在椅子上坐下來，把盤子放在茶几上，從口袋裡取出一把小小摺刀，打開來仔細地削梨。母親告訴我她已經是削第五個梨了，每天削了切成一片片裝在盤子裡，等三叔公來吃，三叔公就是沒來，她邊流淚邊把梨分給大家吃了，第二天再削。一天天地等，一天天地落空。她臉上除了傷心失望，沒有怨怒。她聽得懂一點中國話，我忍不住問她，「你為什麼不反抗？」她把拳頭在後腦勺一放，再指指天，母親說這是表示「婆婆是天」。母親居然懂她的「手語」。後腦勺的拳頭表示梳髻的婆婆。我恨不得能多與她說話，可是我不會比手畫腳，只好以親善的眼光望著她。

這一天，她當然又是失望了。她不再哭了，微笑著取出一方粉紅手帕，把盤子包起來，卻遞給我，說了簡單的兩個字：「水晶。」我知道她告訴我盤子是水晶的。然後她在口袋裡取出鉛筆，用英文寫給我看，告訴我明天要回去了，請將水晶盤拿給她丈夫。我急得只會說：「不要走，請你不要走。」她安詳地搖搖頭說：「我要回去看我的媽媽。」雖然是生硬的中國話，可是那一股酸辛，頓使我淚如雨下。她卻沒有讓淚水流下來，只輕拍我的肩說：「謝謝，不要哭。」然後就奔進房間。那一對憂鬱中充滿了無怨無艾的愛的眼神啊！怎不叫人心碎。

她是由村裡天主堂白姑娘幫忙，帶著她進城辦回國手續的，狠心的三叔公，在她走以前，就不曾來過我家。山鄉離我家有七十里山路，我也無法去找他。在我將回杭州時，他才來了。來的卻是兩個人，他帶了那個已經成了他太太的表姊。我究竟太年輕不懂事，為了氣她，就急急將水晶盤取出當著她遞給三叔公，我說：「她天天削梨等你。你不來，這是她叫我給你的。」在邊上的新太太一把搶過去，把粉紅手帕撕開，拿起水晶盤就使勁摔在水門汀地上，砸得粉碎。我一下暴跳起來，大聲地喊：「你太兇了，你好壞，你好壞。」就大哭起來。母親奔出來，拉住我，默默地走開了，一句話也沒對他們說。我咬牙切齒地說：「三叔公太不應該了。自私，懦弱。」

「男人都是這樣的。」母親輕聲地說，又幽幽地歎了口氣。

我又忍不住跑出來，卻看見那個表姊已經走開了。三叔公俯下身去撿碎片，拾起來用那塊絲巾包了，再用自己的手帕包一層，竟遞給了我。奇怪，他怎麼拿給我呢？他連唯一的紀念品都不敢保存嗎？我賭氣地接下來，卻啞巴似地說不出一句話。我也不想對這薄倖的長輩說什麼話了。

水晶盤碎片就由我一直保管，一直帶在身邊。如今卻忽然找不到了。好心痛，可是想想任何寶貴的紀念品都會有一天離開我，任何沉痛的記憶終會逐漸淡去，忘卻。但不知回到巴西後的三叔婆，當時是否哭倒在慈母懷中？她是不是會常常想起在山村受欺凌的那場噩夢，會不會想起一天天削梨擺在水晶盤中，等待丈夫的情景。我認為，她不會想了。從她當時憂傷的笑容，和溫柔的眼神中，看出她從那一刻起，就決心不想了。

可是，我可以斷定，她唯一想念的是她五歲兒子。因為她走的時候，只帶了他的照片，連她和三叔公的結婚照，都留在臥室抽屜裡了。

聽說我這個混血兒的小叔叔，長大到十多歲，就不告而行。有的說是從軍，有的說是萬里尋母去了。但願他們母子能相見，水晶盤雖碎，慈母之心永遠是完整的。母子親情，豈不遠勝飄忽不定的愛情呢？

——原載《皇冠》雜誌

小小顏色盒

我不知道朋友們有沒有一件禮物，是好友鄭重其事地送給你的，東西並不一定值多少錢，但你的朋友送給你的時候，臉上那一分懇切的神情，會使你永遠難忘，於是你接到那件禮物時，就會想起那個朋友，心裡感到好溫暖，好快樂。

我原來有一樣禮物，只是普普通通的小小水彩畫顏色盒，可是對我來說，那分友情是多麼寶貴啊！好多好多年後，我一直隨身帶著。可是幾十年中，我逃了很多次的難，行李都丟光了，那個顏色盒也不知去向了。但顏色盒的樣子，和送我顏色盒的好朋友臉上的神情，我卻永遠記得。

那時我在家鄉，只有七、八歲，左鄰右舍的小朋友很多，其中一個叫王玉的，跟我最要好。只因我必須在家裡跟老師念書，她卻在鄉村小學念書。她佩服我會背古文、唐詩，我佩服她會唱〈可憐的秋香〉，會跳「葡萄仙子」的舞。我們彼此地教，彼此地學。漸漸地兩人都覺得學問很好的樣子。

她長得很漂亮，只是鼻梁旁邊有一粒很顯明的黑痣，媽媽誇她是美人痣，她自己卻不喜歡這顆痣。有一天，我為了得意自己學會了成語，就伸出指頭點著她的痣說：「王玉呀，王字邊上有一點，名副其實的王玉，你是『白璧微瑕』。」她最最不高興人家提她的痣，聽我這麼得意地拿她開玩笑，好生氣啊！刷地一下轉身跑了。我急得要命，在後面拚命地喊，她就是不理我了。

過了好幾天，我特地到她學校去看她，她正在畫圖畫。看她從書包裡拿出兩個顏色盒，一個新的、一個舊的。舊的裡面，一塊塊的顏料已經用得快完了，盒子背上的黑漆也掉了。我站在她邊上看她用畫筆蘸著水，這個盒子裡的顏色抹一下，那個盒子裡的顏色抹一下。卻只顧自己埋頭地畫。

我輕輕地說：「顏色盒好可愛啊，你有兩個呀？」她忽然把舊的那個一推說：「你拿去好了，這個我不要了。」聽她這一說，我簡直如獲至寶似地，馬上把濕淋淋的舊顏色盒捧在手裡，連聲說：「謝謝你啊。王玉。」就轉身奔回家來。告訴媽媽，王玉送我東西，王玉已經不生我氣了。我當時的快樂，不是因為得到這個顏色盒，而是知道王玉還是喜歡我，要送我東西的。

在感激中，我挖空心思，要親手做一樣東西送給她。我背過老師教我的《詩經》：「投我以木桃，報之以瓊瑤。匪報也，永以為好也。」我最喜歡「永以為好」那四個字了，我要和王玉永以為好啊。因為那時，我已知道自己將被大人帶到很遠很遠的杭州去，以後就不容易見到王玉了。

我請小幫工阿喜教我用竹子削成細細的篾絲，小心翼翼地，編了一個好細巧的圓球，裡面裝了我最最心愛的一顆玻璃珠。（我只有兩顆，要割愛送她一顆。）編好以後，在一個星期天的早晨，送到她家裡去。我戰戰兢兢地拿出篾球給她。她看了好半天，默默放進口袋裡，笑了笑說：「你編得好細啊，你這個粗心人。」

聽了她的讚美。我好高興，臉都紅紅的，不知說什麼才好，有點不敢抬頭看她，因為怕看到惹她生氣的那顆痣。

我沒有在她家待多久，就回來了。回到家才一會兒，卻見王玉急匆匆跑來了。她一把拉住我的手，把那個嶄新的顏色盒放到我手心裡說：「小春，這個新的給你，上次那個太舊了，是我本來就要扔掉的，怎麼能給你呢？」

不知怎麼地，我忽然鼻子一酸，眼淚撲簌簌地掉落下來。我實在太感動、太快樂了。因為王玉把她自己最最喜歡的東西給了我，我是多麼地愛她啊！可是，沒多久，我們就要別離了，我怎麼能不傷心呢？

輯二——

母親的手藝

母親的手藝

在母親那個時代，農村婦女，個個都是粗工細活得會一點，才配做人家兒媳婦，才會中婆婆的意。因為做婆婆的，也是從兒媳婦熬出來的。

據母親自己說，她的手藝，只有繡花還過得去，其他的，只是能拿得起做就是了。這是母親的謙虛話，在我這個「十個手指頭都併在一起」的笨拙女兒看來，母親的粗工細活都是第一流的。她簡直有一雙萬能手，主要的是她勤懇好學，和我父親結婚以後，因我祖母早逝，祖父疼兒媳，不讓她做這做那，但她就是愛學這學那，樣樣事都不落人後。鄰里中人無不誇她的勤勞賢慧。

可惜我童年時懵懵懂懂，從不知跟母親學點本領。漸漸長大以後，又都在外地求學，只寒暑假回家，嬌嬌女更是茶來伸手，飯來張口。明知母親整天邁著小腳，忙進忙出好辛苦，卻總只顧賴在床上看小說，或找朋友聊天去，何曾幫過母親一點忙呢？

母親逝世已將半個世紀，如今自己已進入老眼昏花之年，想縫補點東西，粗針大麻線的，還總嫌針孔太小，穿針費眼力。想起母親五十多歲還繡出一朵朵開在水藍緞面上的牡丹花、海棠花，鮮豔欲滴。她為我父親和我織的毛衣，既合身又柔軟暖和。她做的糕餅，外公誇說是全世界最最好吃的。

我愈想愈後悔，為什麼在少女時代，不多跟母親學一點呢？為什麼那樣地懶散呢？可是追悔又有什麼用？老人家去世了永不再回來，年光飛逝也永不會停留。我只有以垂老之年，瑣瑣碎碎地追憶一些當年看母親做各種活兒的情景。一以寄我風木哀思，一以奉勸活力充沛的現代少女們，在慈母身邊，享受無邊幸福之餘，千萬要多多為母氏分勞。也多多學點日常生活中各種手藝。不只是為了會點手藝，而是在學習中，才能體會做母親的，愛惜光陰、愛惜物力，與好學不倦的美德啊。

繡花

繡花，是母親自認為最最拿手、也最最喜歡的一門手藝。她常常說：「眼看一朵朵的鮮花，在水藍緞子、月白緞子上開放出來，心裡真舒坦，彷彿自己臉上的皺紋都看不出來了。」

母親說話竟是這般的文藝氣息。其實她除了跟外公念過《三字經》、《百家姓》，還會背有限的幾首千家詩之外，實在沒有讀過什麼書。可是她形容起事物來，總是妙不可言。有一次，她邊繡花兒邊自言自語地說：「把廚房事兒忙完了，不捉點晨光繡繡花豈不可惜。」「捉」字說得多妙？她又說：「不過繡花總是愈繡愈覺得屋子裡冷冷清清的，連繡花針掉在地板上的聲音都聽得見呢。」我頑皮地問：「媽媽，那樣細的繡花針，掉在地板上，會叮噹一聲響嗎？」母親沒有回答。坐在邊上撥著念珠陪母親的姑婆笑笑說：「你一個九歲的小東西，哪裡懂？」

五叔婆總喜歡在屋子裡無事忙地繞來繞去，忽然插嘴道：「我就不花心思繡這種磨人的花。有錢就去城裡買雙花緞鞋子來穿，多省事？想起當年做新娘的時候，那雙繡花鞋是後娘給的，上面繡的是桃花，沒穿多久就在鞋尖上破了個窟窿。五叔公後來做生意賠了本，就怨我那雙鞋子不該繡桃花。桃花不經久，開過就謝。人家都繡的是梅花喜鵲，那才喜氣洋洋，才吉利呀。我後娘一定沒安好心眼兒，才給我繡雙桃花鞋子。桃花、桃花，好運氣都逃光了。」

聽得姑婆與母親都只是抿嘴兒笑。姑婆與五叔婆完全不一樣，一派大家閨秀風範，一舉一動，斯斯文文，說話細聲細氣，從不怨天尤人，父親母親最最敬重她，她也繡得一手好花，只是上了年紀，不再繡了，就天天撥著念佛珠念佛。

姑公爺（家鄉對姑祖父的稱呼）去世得太早，他們結婚不到十年，姑婆才二十多歲的少婦就守了寡，守著幾畝薄田，把一男二女撫養成人。她是山鄉一帶與全村全鎮有名的貞節烈女，人人都敬重她，母親更是尊敬服從她，侍奉她像自己母親一般。因此我也很愛姑婆，母親忙碌的時候，我就在姑婆懷裡蹭來蹭去。

看母親繡花，我也吵著要繡。姑婆就會找塊彩色綢子，剪成一隻鞋面，用漿糊和紙貼得硬硬的，穿了絲線教我繡。可是我一抽絲線，就會打結。姑婆總是說：「慢慢來，繡花要捺著性子。這是姑娘家第一要緊的。」母親也不時伸過頭來看我幾眼說：「繡得滿好的。把繡花學會了，將來出嫁就不會給婆婆嫌五個指頭併在一起的了。」我噘起嘴說：「我才不要有個婆婆管呢。我將來要文明結婚。我不要穿平底繡花鞋，我要穿最新式的織錦緞的高跟鞋。」對於聞名已久的「杭州織錦緞」與「高跟鞋」，我真是做夢都常常夢見呢。

母親繡花的時間，多半在吃過中飯以後，下午燒「接力」以前（接力是家鄉話，燒給長工吃的點心，接一下力的意思）；晚上呢，都在廚房洗刷完畢以後，就著搖曳的菜油燈繡花，那時我往往已上床呼呼入夢了。

白天繡花，母親偶爾會伸個懶腰，打個呵欠。我就問：「媽媽，五叔婆都睡午覺，您為什麼不睡？」母親說：「沒聽說早起三朝抵一春嗎？多少事兒要做，哪裡還睡午覺呢？」我又說：「看您眼皮搭拉下來，都要用燈草來撐了（這也是母親最愛說的形容詞）。睡眼矇矓的，繡出的花兒就不漂亮了。」母親說：「你放心，我從小繡花繡到大，摸黑都會繡出朵朵鮮花來呢。」她把手裡已經繡好兩朵的梅花，伸得遠遠的，瞇著眼兒橫看豎看，非常滿意的樣子。我一看，真是好鮮活、好漂亮啊。

母親喃喃地念著：「這雙拖鞋面寄去給你爸爸過年穿，還要再繡一雙……」我搶著說：「給我。」母親瞪我一下說：「你小孩子穿什麼繡花拖鞋？」我奇怪地問：「那麼給誰呀？」母親停了半晌，才低聲地說：「給你那個如花似玉的二媽。」我馬上暴跳起來喊：「您為什麼要給她繡，為什麼？」母親歎口氣說：「你不懂，我若只繡一雙，你爸爸就會把它給了她穿，自己反而不穿。倒不如索性一口氣繡兩雙，讓他們去成雙作對吧。」

母親說這話時，聲音是一種特別的斬釘截鐵。姑婆一直聽著，把念佛珠撥得拍搭拍搭格外地響。穿來穿去的五叔婆也聽見了，尖起嗓門說：「世間真有你這種人，花這種冤枉心思。」姑婆忍不住了，也稍稍提高聲音說：「五嫂，您別這麼說，她的心思您哪裡會懂？」

我覺得五叔婆那種暴跳如雷的草包性格，真是比我還不懂母親的心意呢。

母親的繡花手藝是村子裡聞名的。村子裡若有姑娘出嫁，都會來向母親討花樣，請她教導她們配絲線顏色，告訴她們應該用幾號的絲線等等。母親都一一仔細地指點她們：梅花要淡、海棠花要鮮、牡丹花要豔。著針時都要從花心向外繡，裡深外淺。葉子也是一樣，濃濃淺淺的，看去才有遠遠近近，母親不是個會畫畫的藝術家，可是竟然懂得現代的所謂「透視」與「立體感」呢。

後來我念中學以後，念到兩句詞：「換雨移花濃淡改，關心芳草淺深難。」仔細體味著，豈不正是母親繡花時的心情？我就寫信給母親，把這兩句詞抄給她，並用白話詳細給她解釋。她自己不會寫回信，是託二叔給我寫的。信裡說：「你抄的兩句詩句真好，二叔念起來，音調愈聽愈好聽，我真是好喜歡。可惜自己從小沒好好念書，不會讀詩讀詞。以後你若是讀到像這樣好的句子，捉摸著是我喜歡的，就給我抄來，細細解說一下。二叔一念出調子來，我就會記住的。」

二叔在信末附一筆說：「你母親把這兩句詞反來覆去地念，還聽她邊做事邊哼呢。我覺得你母親的心情，真是比『換雨移花』還恍惚。她關心的，又豈是芳草呢？」

讀著信，想起母親低頭默默繡花時的神情，想想她連繡花針掉在地上都聽得見的那份刻骨的寂寞，不由得心頭陣陣酸楚。我究竟已長大，懂得母親的心了。原應當時刻在母親身邊，陪她談心解悶的，卻為了求學不得不遠離她而去。我只有多多給她寫信，以解她的遠念，但又不忍再抄那樣感傷的句子，觸發她的心事。真是「人生識字憂患始」，我寧願母親重溫她少女時代輕鬆的小調：「阿姐埠頭洗腳紗，腳紗漂起水花花……」，那樣或許多少還可以使她忘憂解愁於一時吧。

打紵線

今天婦女們用的線，種類繁多，得來也極為容易。只要走在街上或進入專賣店，就可以隨心所欲地選擇任何質地、任何顏色的線。而且五彩繽紛，光是看看也很有意思。可是在古老的農村，除了繡花的絲線必須進城買以外，棉紗線和紵麻線，統統都是婦女們自己打出來的。棉紗線專為織布用，紵麻線則用途極廣。分三種，粗的砌鞋底，中的釘被子，細的縫補衣服。紡紗打線都是女人的工作，而我特別喜歡打線。因為過程複雜，動員的人馬多，我可以在裡面穿來穿去地搗蛋。還有打線必須要在陰雨天，因為空氣裡濕度高，絞線時不容易斷，打出線來也比較柔軟有韌性。因此我也格外喜歡下雨天，全家上下都在忙，覺得好熱鬧。

打線雖然個個女人都會，卻只有母親的線打出來最勻、最好用。原因是母親心細，在分麻時就一絲絲分得很平均。質地的分類也比別人嚴格。硬麻打粗線，軟麻打細線，真個是有條不紊。我們家鄉簡稱紵麻線為紵線，村裡人都誇母親的紵線就好比絲線，又細又軟。

紵線自開始到完成，過程是相當複雜的。第一步是由長工把麻外皮剝下來，浸在淡石灰水中若干時日，等泡軟了，麻的外皮也脫落了，然後撈出來搗散，一綑綑紮好晾到半乾。婦女們就開始把一綑綑紵麻纖維，用大拇指與食指的指甲，劈成紵絲。一群婦女都在忙一日四餐（下午四點長工還得有一頓扎扎實實的點心，稱之為「接力」），和飼豬雞鴨的空檔裡，坐下來就著太陽光或菜油燈光，邊談邊劈紵絲。劈好紵絲，再把兩根紵絲搓成一根較粗的紵絲，連綿不斷地盤在一個扁竹簍裡。統統搓完了，還要用小竹筒來捲，捲出來的圓圈圈，稱為「績」。母親的績捲得最是有稜有角，大小均勻，比現在百貨商店裡的絨線團還立體、還扎實。我呢？捲著捲著就變成了橄欖球，連中間的洞洞都閉死了，害得母親又得打開重捲，豈非幫倒忙嗎？

分紵絲、搓紵絲、捲績，都得在下雨天。母親才能把一雙跑累了的小腳，擱在門檻上，真正休息一下。她坐在吱吱咯咯的竹椅裡，我搬張矮凳靠著她。聽她邊搓紵絲邊唱少女時代的小調。「十八歲姑娘學抽菸，銀打菸盒金鑲邊……」近視的瞇縫眼越瞇越細，看去很媚卻又有點憂愁的樣子。我忽然想起老師教我《楚辭・九歌》描寫湘水女神的句子「帝子降兮北渚，目眇眇兮愁予」。老師說「眇」並不是瞎子，而是近視的瞇縫眼，非常地美，美得叫人發愁。我馬上講給母親聽，誇她也跟湘夫人一樣地美。母親似懂非懂地微笑著，一雙靈活的手指頭搓得更起勁了。

一團團的績都捲好以後，再揀個下雨天上機器打線。把中空的績一個個套在小木軸上，拉得長長的，兩根併一根，機器一搖，就絞成了線。但還得漂白、曬乾，這才算完工的紵線。

想想一根普普通通的線，乃有這許多的步驟。朱柏廬先生說：「半絲半縷，恆念物力維艱。」真是一點不錯。母親本性儉省，對大家合力辛苦打成的紵線，自是分寸都愛惜的了

紅豆糕

農曆春節新年，對我這個作客海外的人來說，實在是除了鄉愁，便是思親。因此還是打疊起精神，做一兩樣母親當年常做的鄉下點心，以饗友好。一來是誇耀一下自己的「手藝」，二來也足以聊慰懷鄉與思親之情吧。

紅豆糕，是舊時代農村家庭最普通的一道點心。每逢過新年時，母親做起來卻是加工加料。加的料是棗子、蓮子、花生、桂圓肉。母親常常自誇說：「這樣多名堂做出來的紅豆糕，真比外路來的什麼洋點心還好吃一百倍呢。」

那真是一點不錯的，我吃過喝洋墨水的二叔從上海帶回來的什麼奶油蛋酥餅，甜甜膩膩的，還透著一股子牛騷臭，哪有媽媽做的貨真價實的紅豆糕好吃。我問母親：「過新年時吃的東西這麼多，您做糕反倒錦上添花。平時做為什麼不也加這多名堂呢？」母親笑笑說：「再好的東西，天天吃就沒稀奇了。這叫做少吃多滋味。你知道蓮子、紅棗、桂圓有多貴呀？過年時是討個好采頭，五樣名堂就是五子登科嘛。」我跳起來說：「媽媽，我就是您那個登科的子囉。您不是說『男女平權』嗎？」我把小拳頭一伸，十分得意的樣子。

因為那個時候，就聽人常喊「女權運動」。母親說：「你們新式的講女權運動，卻只喊不做。我們老式的女人，天天都在女權運動。我們的一雙拳頭力氣大得很，能磨粉、搗年糕，會搓麻繩做草鞋。男人會做的，我們都會幫著做。還有我們的一雙腳，裡裡外外，一天走到晚。不是有女『拳』又有『運動』嗎？到了逢年過節，那就運動得更勤快了。」聽得我的家庭老師哈哈大笑，說母親實在是個實踐的新女性。二叔說：「這叫做『幽默感』。」我不懂「幽默」是什麼意思，還以為二叔在誇讚母親「有美感」呢，也替母親大大地高興起來。

做紅豆糕的方法其實很簡單，只要把濃濃的紅糖汁，傾入硬米三分之二，糯米三分之一的米粉中和勻（我家鄉在六月早穀收成時有一種紅米，特別香。如果用紅米粉和在一起那就更好吃了）。再加煮熟的紅豆，最後撒入紅棗片、桂圓丁、蓮子、花生等。然後倒入一個缽子裡上籠子蒸。只看冒出的氣筆直了，再用筷子尖插入糕中試一下，不黏筷子就是熟了。

供菩薩和祖先的，母親就仔仔細細在糕的面上，用棗子蓮子擺出一朵花兒來。普通吃的就只在正中央鑲一粒紅棗，再撒點桂圓碎末子意思意思，我抱怨說：「這麼點兒香料，連小麻雀都瞧不上眼呢。」母親生氣地說：「走開走開，過年過節的，小孩子不准在邊上亂說話。」我有個頑皮的小叔叔，肚才很好，他就吟詩隨口地讚美起來：「這叫做『紅豆糕兒一點心』。」母親聽了高興地說：「對啦，就是這一點點心意嘛。」小叔趁機攤開黑漆的髒手掌心說：「大嫂，先給我一塊嘗嘗嘛，回頭我幫您刷蒸籠。」母親笑罵道：「你幾時幫我刷過蒸籠，倒是幫我清過酒壺呢。」因為小叔時常乘母親不備，偷碗櫥裡的老酒喝。我也跟著一起品嘗。母親罵歸罵，還是用菜刀切了糕，分我們一人一塊。哦，好香軟，好好吃呢。那股子香甜味兒，至今還留在齒頰間呢。

幾十年來，無論平時或過年，我也常做紅豆糕，各種材料，比當年得來容易多了。可是無論如何地加工加料，做出來的糕，總不及小時候從母親手中接過來的好吃。是自己手藝不到家呢？還是因為親愛的母親做的任何點心，永遠是最最好吃的呢？

　　令人洩氣的是我那另一半，竟是個相信西點比中點好吃的「崇洋派」。我每回辛辛苦苦做的，他都不屑一嘗。如果不是朋友們的鼓勵與誇讚，我真會沒興趣做了。如今來到美國，舉目全是西點，他倒又懷念起我土做的紅豆糕來了。高興他總還有那麼點兒「不忘本」。這回，我別出心裁，紅豆棗子桂圓之外，卻以松子、核桃，代替蓮子、花生。而且又加了幾匙巧克力粉。他一嘗，大為讚賞地說：「這回真好吃，簡直是中西合璧的巧克力糕嘛。你真能『研究發展』。」他的理論又來了。

　　但為了紀念母親的儉省，我仍舊稱它為簡單的紅豆糕。想想母親那個時代，怎捨得買名貴的松子、核桃，又哪兒來洋裡洋氣的巧克力粉。但她蒸出來的紅豆糕，怎麼會那麼香軟好吃呢？

編草鞋

早年農夫們穿的草鞋分兩種，一種叫草蛙，一種叫蒲鞋。草鞋只有一層厚厚的底，前後各有一根長長的鼻梁，彎上來連著繩子，套過兩邊各四個圈圈，綁在腳背上，就像現代男女穿的最新式的涼鞋。蒲鞋的頭是方方的。包上來像鞋子，也像一條方舟。草鞋是稻草編結的，供農夫下田工作時穿。蒲鞋是較精緻的蒲草編結的，是工作完畢以後，洗了腳，穿上它享福的。蒲鞋的工比較細，所用工具也不同，所以都是向城裡買，草鞋卻多半由婦女們自己編結。

編草鞋，手工也有粗細之不同。結得好的，扎實又柔軟，穿在腳上很服貼。手工差的呢，那就鬆垮垮的，沒穿幾次就不行了。

結草鞋的工具很簡單，只一張矮矮的長凳，前頭一個木架以便套兩根繩子，成為四股，是草鞋的經。工作時，人跨坐在凳上，像踩自行車的姿勢，把一條寬寬的腰帶綁在身上，前面的繩子就拴在腰帶的釦子上，綁得緊緊的。然後把稻草一小撮一小撮搓了套過四根繩，上下來回地編結。稻草在事前也要用木棍捶軟，但捶得太過頭了草會斷，要恰到好處，所以捶功也是很重要的。

我家有位堂房四嬸，她結的草鞋又軟又結實，是村子裡第一等的。大家都紛紛向她訂購。她性情沉靜，終日不言不語的，忙完了廚房裡的工作，就到後面天井裡坐下來編草鞋。她坐的姿勢跟別人不一樣，別人都是騎馬式的，她卻是斯斯文文地側著身子坐。我看她這樣扭著坐不舒服，問她為什麼不正對前面的木架，兩腳跨兩邊坐。她總是很不好意思地說：「那多不成樣子呀，女人家嘛。」

我母親最最喜歡四嬸。每回她編結草鞋時，她都抽空去陪她，端張矮凳坐在邊上幫她理稻草，修剪結好的草鞋。有時前後的鼻梁還要用牙去咬，把它們咬軟，工作可真不輕鬆呢。

母親擅長繡花，不大會編結草鞋。她總是誇四嬸的草鞋編結得有稜有角的。別說穿了，看看都舒服。四嬸就謙虛地說：「不像大嫂會那麼好的細工，就只有做粗活了。」兩妯娌有說有笑，是她們忙裡偷閒，最快樂的時光。

她們倆在工作時，當然邊上一定少不了我這個搗蛋鬼。四嬸手巧，興致來時，會給我編一隻迷你草鞋，好可愛。我就用細痲線拴起來，掛在襟前蕩來蕩去。這麼遊手好閒地看著她們工作，就是沒有學會編，連幫著理一下稻草，修剪一下結好的草鞋都沒耐心。母親一訓我，四嬸就說：「別逼她做，還是讀書好。」母親說：「讀書歸讀書，粗工細活也都提得起一點，長大了才曉得，萬樣東西都是辛苦做成的。」

於是母親就講起祖父上省城趕考的故事。

祖父趕考上路時，身邊帶了最大的一筆財產——兩塊銀元，此外就是一袋麥餅，一小包鹽，一串大蒜頭。腳上穿一雙草鞋，包袱裡帶一雙蒲鞋、一雙布鞋。趕路時穿草鞋，到客棧後洗了腳換穿蒲鞋。到了省城，再換穿布鞋。嶄新的，才好體體面面地做客人。至於兩塊銀元呢，一路上叮噹噹地在口袋裡響著，絕捨不得兌換開來，因為是曾祖父賣掉一角田換來的。有麥餅充飢就很好了。住進客棧，就給旅客代寫家書、看病開方、拆字命相，就把膳宿費賺下來了。母親說：「據你祖父說，連那雙蒲鞋都只套幾回，還全新地帶回家來了。」

這些古老事兒，母親和四嬸說得津津有味，一遍又一遍的。我，一個頑皮的小丫頭，哪懂得什麼叫儉省。只覺得老一輩的人，太不會享福了。我若有兩塊白花花的銀元呀，一到省城，第一件事就是馬上換開來，先買一種叫做巧克力或朱古力的糖來嘗嘗。然後呢，拿幾個角子買一雙白底亮閃閃的緞鞋來穿上。進省城，怎麼可以穿布鞋呢。祖父居然還會把一雙蒲鞋都帶回家來。這樣的儉省法，不是連房子都要倒過來裝銀子了嗎？可是我們家不但沒有發財，卻一直很窮。什麼原因呢？母親告訴我說：「因為你祖父省的是自己，幫起別人的急難，可一點也不省呢。你可要牢牢記得，祖父穿草鞋進省城，帶蒲鞋回來的事喲。」

她邊說邊用剪刀修剪草鞋。嘴裡喃喃地念著：「只要勤與省，稻草變黃金。」我眼睛定定地看著，忽然覺得她手裡的草鞋，在太陽底下照著，好像都格外光亮起來。母親和四嬸，把一根根的稻草，都像黃金般地寶愛呢。

穿花球

一想起母親教我穿的花球，就會想起清明節。因為花球是清明節上墳時，掛在樹梢上的。鮮花穿在一起的花球，在綠葉中迎著風兒飄來飄去，真是好可愛。至今這情景常在我夢中出現。今年的清明節農曆三月初四，正好是國曆四月四日兒童節呢。

說起兒童節這個名詞，在我們那個時代是聽也沒聽說過的。因為我們小時候，只知道要聽大人的話，要盡量幫大人做事，哪裡會特別訂個日子，讓我們玩個暢快呢？

事實上，我們鄉下的節目好多好多。簡直天天在過節、時時在過節。比如說採山楂果、插秧、打麥子、犁田車水、做紙……大人們忙得不可開交的日子，小孩子就像過節似地興奮起來了。幫大人做事，哪怕只用個小竹簍、小畚箕拴在身上，跟在長工後面追來追去幫倒忙，總會有得吃、有得喝的，小肚子撐得跟蜜蜂似的。那份快樂就跟過年過節一模一樣。

清明節當然是一個慎終追遠、掃墓祭祖的重要節日。小學與私塾都要放假一天。因為孩子們要跟著上墳、燒紙錢、放鞭炮、分米糕、放風箏。鞭炮放得響，風箏放得高；表示家業興旺、子孫綿延。因此，小孩子在上墳這一天是很重要的人物。

我是個女孩子，墳壇的高處是不准爬上去的。但上墳不能不去。於是母親就把族裡幾個女孩聚在一起，教我們穿花球。母親早已教會了我，就由我當小老師教同伴做。採摘院子裡牆腳邊小小牽牛花，有紫色、粉紅色、白色的多種。這種花只開放半天就收縮起來像個拳頭。所以要趁著盛開時摘下，要連花萼一起摘。仔細地剝起花托，就出現一粒綠色小珠子，珠上一條細絲就是花蕊正中間那一根，把珠子輕輕往後抽，珠子就垂下來了，這樣一朵朵抽好以後，再用一根針線，把花繞圈兒穿起來，穿成一個球形，四面八方的珠子掛下來蕩來蕩去，非常美麗。一個花球，大約要二十朵左右的花。可以紅白相間。反正野花滿園都是，可以做好多個花球。把它掛在祭品的擔子上，一路挑上山去。

花球是我家清明上墳的特色，也是我最得意的絕活。為了做花球，家庭教師答應放假一天。因此我也跟鄉村小學的學生似地，過一天像現在一樣的兒童節。

可是家庭教師不太贊成採摘那麼多花兒來穿花球，他搖搖頭說：「山花山草，自自然然地生長，自由地開，自由地謝。你把它們摘下來，不是摧殘生命嗎？」我把這話告訴母親，母親想了半天，想出個道理來，她說：「花兒只開一天就謝了。我們把它穿成花球，多開些時光，把花香與顏色供給菩薩與祖先享受，不是更好嗎？而且花木不像雞鴨有血有肉有骨頭，把雞鴨殺了吃到肚子裡，那才真罪過呢。」我咯咯地笑了。母親問我笑什麼，我說：「媽媽不是也叫長工殺雞鴨嗎？」她把臉一放說：「我反正不吃，罪過是你們的。」

親愛的媽媽，她原是吃素念佛的。穿花球的快樂事兒，才是她喜歡做的呢。

玉蘭酥

玉蘭酥是一種到嘴便化的酥餅，聽聽名稱都是香的。它是早年我家獨一無二的點心。是母親別出心裁，利用白玉蘭花瓣，和了麵粉雞蛋，做出來的酥餅。

白玉蘭並不是白蘭花。白蘭花是六七月盛夏時開的。花朵長長的，花苞像個橄欖核，只稍稍裂開一點尖端，就得採下來，一朵朵排在盛淺水的盤子裡。上面蓋一塊濕紗布，等兩三小時，香氣散布出來，花瓣也微微張開了，然後用絲線或細鐵絲穿起來。兩朵一對，或四朵一排，掛在胸前，或插在鬢髮邊，是婦女們夏天的妝飾。但只一天工夫，花瓣就黃了，香氣也轉變成一種怪味。

母親並不怎麼喜歡白蘭花。除了摘幾朵供佛以外，都是請花匠阿標叔摘下，滿籃地提去送左鄰右舍。我家花廳院牆邊，有一株幾丈高的白蘭花。每天有冒不完的花苞，摘不盡的花。阿標叔都要架梯子爬上去摘，我在樹下捧籃子接，濃烈的花香，薰得人頭都昏昏然了。

母親不喜歡白蘭花，也是因為它的香太濃烈。她比較喜歡名稱跟它相似、香味卻非常清淡的白玉蘭。白玉蘭一季只開四五朵，一朵朵逐次地開，開得很慢，謝得也很慢。花朵有湯碗那麼大，花瓣一片片像湯匙似的，很厚實。開放時就像由大而小的碗疊在一起。花總是藏在大片濃密的葉叢間，把清香慢慢兒散布開來。

白玉蘭的開放，都在中秋前後。那時母親每天都到院子裡抬頭看看、聞聞花香。只開一朵花，當然不能採下來的。直等它一瓣瓣自然謝落了，母親連忙拾起，深怕花瓣著土就爛了。因為白玉蘭花瓣是可以做餅吃的。母親把它先放在乾淨籃子裡，也不能用水洗，一洗香味就走了。等水分略乾後，就用手指輕輕剁碎（也不能用刀切，怕有鐵腥味）。剁碎後和入麵粉雞蛋中拌勻，只加少許白糖，用大匙兜了放在淺油鍋裡，文火半煎半烤，等兩面微黃，就可以吃了，既香又軟又不膩口。熟透了的玉蘭花瓣，有點粉粉的，像嫩栗而更清香。

每年的中秋節，我家從城裡朋友送來的月餅，種類繁多。除了面上撒芝麻的月光餅以外，還有蘇式月餅、廣式月餅。哪一種母親也不愛吃。她的興趣是切月餅，厚厚的廣式月餅切開來，裡面是各種不同的餡兒。母親只看一眼，聞一下就飽了。她總是說：「這種月餅，滿肚子的餡兒，到底是吃皮還是吃心子呢。連供佛也不合適，因為都是葷油和的。」所以她都是拿來送左鄰右舍。

「潘宅」的廣式月餅，是鄰居們最歆羨的。未到中秋，早已在盼待了。我呢，守在母親邊上，看她把一個個月餅切開，每個切四份，不同的餡兒配搭起來，每家一份。她把月餅用盤子放在一個四層的精緻竹編盒子裡，叫我提了挨家去分，讓每家都嘗嘗不同的餡兒。但她總不忘加入一份她自己做的玉蘭酥。「也要讓大家嘗嘗我的土月餅嘛！」她得意地說。

分月餅當然是我最最討好的差事。每家吃了月餅，都對母親說：「廣式月餅、蘇式月餅，就是稀奇點，哪裡比得你做的玉蘭酥，吃得我們舌頭都掉下來了。」聽得母親好高興，她那一臉快慰的微笑，真好比中秋節的月光一樣地明亮美麗呢。

母親只是喜歡做，自己吃得很少。老師說她是辛勤的蜜蜂，我就念起他口傳我的那兩句詩：「採得百花成蜜後，為誰辛苦為誰甜？」念了一遍又一遍，像唱山歌似地。老師問我懂這意思嗎？我說：「當然懂呀。蜜蜂忙了一大陣，蜜卻被人拿去了。」母親聽了笑笑說：「你懂就好了。蜜蜂是很辛苦的。但是我寧願你做一隻勤快的蜜蜂，可千萬別做討人厭的蒼蠅啊。」我咯咯地笑了。

我嘴雖說懂，其實哪裡懂呢？我若真的懂了，就不會像一隻蒼蠅似地，老是嗡嗡地糾纏著母親，而不幫一點點的忙了。

如今每回想起清香的玉蘭酥，與母親所做的各種美味，心頭就感到陣陣辛酸。母親，一隻辛苦的蜜蜂，終年忙碌無怨無艾，她默默地奉獻一生，也默默地歸去了。

幾十年來，我從未見過家鄉的那種清香白玉蘭樹，也無從學做香軟的玉蘭酥。中秋節一年年地度過，異鄉歲月，草草勞人，心頭所有的，只有無限的思親之情。

補襪子

早年鄉下人穿的襪子，節省的都穿布襪，是用較軟的藍布或白布由婦女們自己縫製的。我家算是比較新式的。常從城裡買來整打的棉紗襪子，分給長工們。他們都要在過年過節時，才捨得穿。稱這種襪子為「洋襪」。嶄新的洋襪，還須先用布剪好一雙底子，密密麻麻地砌成兩層，縫上去才穿。

會享福的父親是不穿這樣的襪子的，他不但穿沒有上布底的洋襪，還穿從上海買回的絲襪呢。眼看穿得有破洞了，母親好心疼，就想了個好辦法，用一個茶杯套進去，把破洞繃得平平直直的，用最細最軟的線，織補成四四方方的一塊，而且還有花紋。厚襪用「人」字紋，薄襪用「井」字紋，既漂亮，又服貼。父親穿在腳上，讚不絕口，對我說：「這項本領，你要學學喲。」

我倒是真學會了，在上海讀書時，冬天好冷，母親為我織的毛襪穿破了，就是用這方法細心織補的，同學們都歎為觀止。那時的上海小姐都非常講究，像我這樣補襪子穿的，真是第一人呢。

抗戰期間，逃難在窮鄉僻壤。有一次，一位堂叔從城裡賣完紙回來（鄉下人自己做紙，一擔擔挑到城裡去賣），他興奮地問我：「你是去外路讀過書的，聽說過襪子用玻璃做的嗎？」問得我傻住了。硬綳綳的玻璃，怎麼做襪子？想了好久，才想起小時候看四姑舉行文明結婚，做新娘的粉紅頭紗，粉紅禮服，又細軟，又透明。特地從城裡請來的伴娘，告訴我這種紗叫做玻璃紗，貴得很呢。我對堂叔說，玻璃襪子，一定就是玻璃紗做的，穿起來一定舒服極了。

勝利回到杭州，去百貨店裡買玻璃襪子，還買不到，要上海才有。店員說，「玻璃的才好，玻璃襪子，玻璃皮包，玻璃梳子，種類多得很呢。」我有一個要好同學，看我這樣神往於「玻璃」，在上海買了一雙，給我寄來。全家中，我是第一個穿上「玻璃襪子」的人。母親那時如還健在的話，一定會連連搖頭說：「這種豬油皮一樣的東西，怎麼會經穿呢？」

其實玻璃襪，就是尼龍襪。剛流行的那些年，人們也是很節省地穿。有破洞，溜絲，都一次次地補了再穿。那時臺灣，街頭巷尾到處都有補絲襪的小小櫃臺，是勤勞婦女的一份兼顧家務的副業。我也曾買了那種特別的勾針自己補，連補襪的兩塊錢都想省下來呢。

十年前初次訪美時，一位久居美國的友人，把一大包絲襪交我帶回給她的朋友，說都是名牌襪子，只因美國人時間寶貴，沒人補襪子，帶回去補了還可穿一年呢。沒想到過不多久，臺灣也沒人再補襪子穿了。因為時代進步，尼龍襪子愈來愈便宜。現在更是地攤上滿坑滿谷一百元新臺幣買五六雙，穿破就扔，哪裡還有補襪子的大傻呢。

寫至此，忽然想起一位文友，她當年在屏東當小學校長時，好像曾領導一個婦女團體做各種手工藝品。其中有一項就是利用破舊的襪子，繞著圓圈，剪成連串的細長條子，用一枝粗大的竹子勾針，勾成各種形狀的腳墊。因為襪子花色種類很多，勾出來的墊子圖案也非常現代。我看了好喜歡，還在那兒見習一陣，文友送我竹子勾針一枝，至今仍保留著，可惜花花綠綠的舊襪子就沒處找了。

最近外子的羊毛衣袖子破了一個孔，我就大顯身手，用母親教的「人」字紋織補法，把破孔補得天衣無縫，穿起來服服貼貼。他非常滿意地說：「我的棉紗襪子也破了，再替我補一下好嗎？」我當然樂意。因為一來省錢，二來在織補的時候，可以重溫兒時偎倚母親身邊，學做針線的快樂溫馨。

最高興的是，我這補襪子的本領，今天又會派上用場。原子時代，偏偏又不喜歡穿原子襪，要回頭穿鄉下人穿的棉紗襪。看百貨公司的標價，含棉紗成分愈多的，價錢愈貴，這就是現代人所講求的，「恢復原始自然，化學原料對身體有害」的道理吧。

我又想起，如母親她老人家還健在的話，看見我也戴上老花眼鏡補襪子，她一定會高興地說：「棉紗襪子多好！又軟又吸汗，不要穿豬油皮一樣的玻璃襪嘛。」

桂花滷・桂花茶

家鄉老屋的前後大院落裡，最多的是桂花樹。一到八九月桂花盛開的季節，那豈只是香聞十里，簡直是全個村莊都香噴噴的呢。古人說：「金風送爽，玉露生香。」小時候老師問我怎麼解釋，我就信口地說，「桂花是黃色的，秋天裡，桂花把風都染成黃色了，所以叫做金風。滴在桂花上的露珠，當然是香的，所以叫玉露生香。」老師點頭認為我胡謅得頗有道理哩。

母親卻能把這種桂花香保存起來，慢慢兒地享受，那就是她做的桂花滷、桂花茶。

桂花有銀桂、金桂二種，銀桂又名木樨，是一年到頭月月開的，所以也稱月月桂。花是淡黃色的，開得稀稀落落的幾撮，深藏綠葉之中，散發著淡淡的清香，似有若無。老屋正廳庭院中與書房窗外各有一株。父親於誦經吟詩之後，總喜歡命我端把藤椅坐在走廊上，聞聞木樨的清香，說是有清心醒脾之功。所以銀桂的香味在我心中留下特別深刻的印象。在臺北時，附近巷子裡有一家院牆裡有一株，輕風送來香味時，就會逗起我思念故鄉與親人。

與銀桂完全不同的是金桂，開的季節卻是中秋前後。金黃色的花，成串成球，非常茂密，與深綠色的葉子相映照，顯得很壯觀。但是開得快，謝得也快。一大陣秋雨，就紛紛零落了。母親不像父親那樣，她可沒空閒端把椅子坐下來聞桂花香，她關心的是金桂何時盛開，瀟瀟秋雨，何時將至。母親稱之為秋霖，總要搶在秋霖之前搖下來才新鮮。因為一被雨水淋過，花香就消失了。不像銀桂，雨打也不容易零落，次日太陽一照，香氣又恢復了。所以父親說木樨是堅忍的君子，耐得起風雨，金桂是趕熱鬧的小人，早盛早衰。母親卻不願委屈金桂，她說銀桂是給你聞的，金桂是給你吃的，不是一樣地好嗎？什麼君子小人的?!

搖桂花對母親和我來說，是件大事，其忙碌盛況就跟穀子收成一般。搖桂花那一天，必須天空晴朗，保證不會下雨。一大早，母親就在最茂盛的桂花樹上，拆下二枝供在佛堂裡與祖先神位前，那一分虔敬，就彷彿桂花在那一天就要成仙得道似的。

太陽出來曬一陣以後，長工就幫著把篾簟鋪在桂花樹下，團團圍住。然後使力搖著樹幹，花兒就像落雨似地落在簟子上。我人矮小，力氣又不夠，又不許踩到簟子裡，只有站在邊上看；一陣風吹來，桂花就紛紛落在我頭上、肩上，我就好開心。世上有這樣可愛噴香的雨嗎？父親還作了首詩說「花雨繽紛入夢甜」。真的是到今天回味起來，都是甜的呢。

搖下來好多簟的桂花，先裝在簍裡。然後由母親和我，還有我的小朋友們，一同把細葉子、細枝、花梗等揀去，揀淨後看去一片金黃，然後在太陽下曬去水分。待半乾時就用瓦缽裝起來，一層糖（或蜂蜜），一層桂花，用木瓢壓緊裝滿封好，放在陰涼處；一個月後，就是可取食的桂花滷了。過年做糕餅是絕對少不了它的，平常煮湯圓、糯米粥等，挑一點加入也清香提神。桂花滷是越陳越香的。

母親又把最嫩的明前或雨前茶焙熱，把去了水氣半乾的桂花和入，裝在罐中緊，茶葉的熱氣就把桂花烤乾，香味完全吸收在茶葉中。這是母親加工的做法，一般人家從我們家，討了桂花就只將它拌入乾的茶葉中，桂花香就不能被吸收，有的甚至爛了。可見什麼東西都得花心思，有竅門的。剩下的，母親就用作枕頭心子，那真合了詩人說的「香枕」了。

母親日常生活，十二分簡樸，唯有泡起桂花茶葉來，是一點不節省的。她每天在最忙碌之時，都要先用滾水沏一杯濃濃的桂花茶，放在灶頭，邊做事邊聞香味，到她喝茶時，水已微涼了。她一天要泡兩次桂花茶，喝四杯。她說桂花茶補心肺，菊花茶清肝明目，各有好處。她還邊喝邊唱：「桂花經，補我心，我心清時萬事興。萬事興，虔心拜佛一卷經。」喝過的茶葉，她都倒在桂花樹下，說是讓花葉都歸根。母親真是通曉大自然道理的「科學家」呢。

杭州有個名勝區叫滿覺壠，盛產桂花。八九月間，桂花盛開時，也正是栗子成熟季節。栗樹就在桂樹林中，所以栗子也有桂花香味。我們秋季旅行時，在桂花林中的攤位上坐下來，只要幾枚銅板，就可買一碗熱燙燙的西湖白蓮藕粉煮的桂花栗子羹。那嫩栗到嘴便化，真是到今天都感到齒頰留芳。林中桂花滿地，踩上去像踩在絲絨地毯上。母親說西方極樂世界有「玻璃琉璃，金沙鋪地」。我想那金沙哪有桂花的軟，桂花的香呢？

故鄉的桂花，母親的桂花滷、桂花茶，如今都只能於夢寐中尋求了。

醃鹹菜

無論在臺灣或是在國外，相信誰都忘不掉自己的家鄉味，尤其是桌邊上那一碟開胃的酸鹹菜。此所以各種罐頭鹹菜、醬瓜等等，總是生意興隆。儘管都標榜的是家傳製法，衛生可口。可是吃在嘴裡，味道就是差那麼一點點。說不出來，也許就缺少那一點樸實原始的家鄉風味吧。

我小時候，每到吃飯，一爬上凳子就大喊，「我的鑰匙呢？我的鑰匙呢？」；「鑰匙」就是我頂頂喜歡的酸鹹菜。因為母親說我吃東西太挑嘴，飯吃得太少長不大，所以一定要用鑰匙把胃口開起來，酸酸甜甜香香的鹹菜一到嘴裡，胃口就開啦，所以就把鹹菜叫做「鑰匙」。

母親做這碟鹹菜，不是像別人家裡，抓一把用少許油炒過的鹹菜擱在桌上就算了。她是每隔幾天就變換一種方法，有時用豆乾末、筍末，加醬油、醋、麻油涼拌，有時加小蝦皮、薑、酒來炒。我喜歡吃有小蝦皮炒的。小蝦皮並不是蝦尾，而是一種細細的、渾身透明的小蝦子，曬乾了還可以空口吃的。外公說，海蜇沒有眼睛，全靠成千成萬的小蝦子，密密麻麻地趴在牠身上，替牠認方向，防敵人，東面叮一下，海蜇就轉向西面，西面叮一下，海蜇就轉向東面。龐然大物，與微小的蝦子，相依相助，小蝦子也免得被大魚吞下肚去。小長工阿喜說：「你就是大魚，把小蝦子吞掉了。」他又嚇唬我說：「吃多了小蝦子，渾身會長一粒粒像眼睛一樣的黑點點，會癢死你。」外公說：「不會的啦。小蝦子很補，是明目的，多吃了眼睛會明亮。」我年輕時眼睛倒是明亮過，如今還不是一樣的老眼昏花了。是不是離開家鄉太久，沒有得吃小蝦子的緣故呢？

母親不大吃蝦尾、小蝦子等，她都是為自己做一碟素拌的。有城裡客人來時，母親的鹹菜就得加工加料了。那就是用名貴的金鉤蝦尾代替小蝦子，再加香菇、筍，都剁得碎碎的，熱炒或用麻醬油涼拌，都是非常好吃。其實鹹菜本身就香香脆脆，不加任何佐料都一樣好吃呢。

鄉下人再窮，一大缸鹹菜是家家都要醃的。醃的菜有好幾種，盤菜（像雪白的盤子，切片曬乾加少許鹽再藏在小甕，可吃很久）。油菜（用開水燙一下，撈起曬得很乾，不加鹽，是煨肉吃的）。蘿蔔菜（亦即雪裡蕻）、芥菜等等。醃得最多的是芥菜，因為芥菜在冬天經霜打以後，特別鮮甜。田裡要翻土種別的菜時，芥菜就收割起來，一株株鋪在竹簟上曬軟以後，用鹽揉透，然後由長工裝進大缸中，赤腳跨進去，使勁地踩，像踩葡萄酒似地。踩實以後，加上木蓋，再壓塊大石頭，不去動它，直等好幾個月，冒出綠綠的鹹水，從木蓋上把鹹水舀去，菜就可以開缸取食了。那些鹹菜水，真是鹹得發苦，外公卻儲存一些當治喉痛的藥呢。

長工踩菜的時候，我常常在邊上叫：「好髒啊，好臭啊。」指的是他們的大腳丫。母親走過來，一把捣住我的嘴，笑罵：「不許亂說，走開走開，這樣寶貝的東西，怎麼會髒。」長工得意地說：「我們種田人，一雙腳天天光光的，太陽曬、水沖，怎麼會髒。你這個千金小姐，雙腳給鞋襪包得一點不通風，才臭呢。」他們說這些話的時候，母親老早走開了。因為她是裹小腳再放開的，聽了這話會難過。母親只說長工踩鹹菜，腳被鹹水泡得很痛，叫我不要亂說，要體諒大人們做事辛苦。

我儘管嫌鹹菜髒，可是吃起來卻那麼津津有味。因為母親做的鹹菜，調味實在道地。她炒的時候炒得特別透，油也加得足，這一點她倒是不儉省，很大方的。她說：

「鹹菜是咬食的（家鄉話，『咬食』是特別幫助消化的意思）。不多加點油，吃了一下肚子就餓，我連燒接力（家鄉話「接力」就是點心）都來不及。」原來母親打的仍是經濟算盤。她不但重視食物的味道，還顧到全部食物的成本。母親真是經濟學大師呢。

百補衣與富貴被

平劇裡，演乞丐的穿的衣服，全是紅紅綠綠、東一塊西一塊的補丁。表示衣衫襤褸。那種戲裝，叫做「百補衣」，也美其名稱為「富貴衫」。在戲裡的乞丐，穿起「百補衣」來又做又唱，非常好看。而且所有穿百補衣的落難公子，到後來一定是高中頭名狀元。然後前呼後擁、吹吹打打地衣錦榮歸。

小時候的我，母親也給我穿「百補衣」，我穿起來可就不太高興了。尤其是去看廟戲時，真怕旁人笑我是「潘宅女狀元」。因為我不是演戲，而是穿的母親縫補過的破舊衣服，母親也稱它為「百補衣」。母親總是說：「小孩子，越穿舊衣服越積福，將來會有享不盡的榮華富貴。」

我生氣地喊：「將來？誰知道將來呢，眼前都沒新衣服穿，還管將來？」我儘管不開心，母親仍舊是拼湊著零頭布料，給我補衣服。因為我穿得實在太費，尤其是父親從外路寄回來的夏天衣料，母親形容它「薄得跟豬油皮似的，辰時穿了，戌時就破。」我又喜歡在樹林裡鑽，一下子就夠好幾個破洞，不補怎麼行呢？

其實照今天的眼光看來，母親補的衣服，還真有點現代藝術的味道呢。那時，她有滿滿兩竹簍的零頭布，或零頭綢子，一簍是夏天的薄料子，一簍是秋冬的厚料子，都小得跟豆腐乾似的，母親稱之為「布末」，是街上唯一的裁縫師傅特地留起來給她的。她把兩簍「布末」當寶貝似地，放在床下，還加幾粒樟腦丸，怕老鼠來做窩。

給我補衣服，在母親來說，是牛刀小試，她的真本領是縫「富貴被」。那就是選出色澤鮮豔的漂亮零頭「綢末」，別具匠心地拼成一條被面。那才真是別致好看呢。現在不是就有一種專門用小塊料子拼縫床罩、靠墊、桌布等等的，稱為 Quilt 的手工嗎？母親可謂開風氣之先了。可惜粗心的我沒有學，也因為穿了太多的「百補衣」，不高興學了。

母親總把「布末」加以分類，質地不同，厚薄各異，她都一綑綑分別紮好。做起來取之不盡，用之不竭。她時常用彩色花布，拼一條小被子，送給親友中的初生嬰兒當滿月禮，祝賀寶寶長命百歲。拼縫好一條小被子，可得好多時間呢。那時鄉下年輕姑娘穿得最多的藍底白花，或白底藍花布衫，那是鄉下土布。比較富足人家的姑娘，穿舊了就換新的。母親也會向她們要來那些舊衣服，剪成小方塊或三角形，白底藍花間隔藍底白花，就縫成一條很好看的全新被單了。能說母親不是藝術家嗎？

我十二歲以前都跟母親住在鄉下，穿百補衣的日子最多。冬天的棉襖穿破了，母親也補上一塊，那都是粗針粗線，補上破洞就好，逢年過節時，才在外面套上一件新罩袍。罩袍往往是大朵大朵花布的，穿破了，母親又把它拆開，有時還小心剪下花朵來，補在一色的衣服上，格外別致。

我在美國的百貨商店裡，常看到一包包現代的小塊花布，就是專供打補丁用的，牛仔褲的膝蓋上故意補一塊花布，就算是現代藝術了。可見古今中外，人的審美觀念，可能是天生的，不然，原是老式農婦的母親，怎麼會有那樣新鮮的設計頭腦呢？

有一年，母親花了好幾個月，用最柔軟漂亮的綢緞零頭料，拼縫一條大大的被面。她先把一塊塊的料子放在一大張床單上，用針固定好，拼來拼去，比來比去，覺得不合適又拆了重拼，我真佩服她的耐心，問她是給哪個新娘當嫁妝嗎？她笑笑不回答。姑婆悄悄告訴我說：「你媽媽是要縫一條又軟又輕的夾被，寄到北平給你爸爸過生日的。」

哦，原來母親如此細心地金針密縫，是把一縷相思，一腔心事，都縫進這條被子中了。古人說：「水晶簾裡玻璃枕，暖香惹夢鴛鴦錦。」母親不用彩色絲線，繡出一條鴛鴦錦被，她寧願用千百塊細細碎碎的綢緞，拼成一條她稱為富貴被，伴隨著她對父親「長命百歲」的祝福，寄向千山萬水的遠方。那一分纏綿的情意，比古代閨中少婦的錦字回文還濃厚。又豈是我這個粗心大意的女兒所能體會得到的呢？

我離家出外念書，臨行前，母親為我收拾行李。把我常穿的一件百補衣棉袍也收進箱子裡。我堅持要取出來，說被同學們看到會笑我寒傖的。母親正色地說：「你講給他們聽，這是你從小穿到大的衣服。要時時帶在身邊，不是給你穿的，是給你壓歲的。保佑你萬事如意，長命百歲。」我聽了忍不住掉下淚來。

可是在學校宿舍裡，我從來不好意思把這件百補衣取出來，生怕同學取笑。直到有一次重傷風、冷得發抖，夜深取出來披上，立感渾身溫暖了。可是到上海念大學時，思念母親，卻再也找不到這件百補衣，不知被我丟失何處了。

這些年來，凡是縫製新衣，總請裁縫留給我一點點零頭小塊料子，漸漸地也累積了一大包，這次來美，都珍貴地收在箱角帶來了。我明明沒有母親的好手藝，不會拼縫「富貴被」，也沒閒情逸致來縫現代藝術的「百補衣」。只是為了紀念母親的節儉、勤勞與細心，更有她一針針、一線線，對女兒不盡的愛。我不時撫摸著這一包零頭「布末」，心頭也感有無限的溫暖。

菜乾

舊式農村，自種蔬菜，故可一年四季取之不盡，吃之不竭，但為了配合葷腥，調節口味，除了現拔現摘、現炒現吃的新鮮園蔬之外，家家戶戶都要在冰雪嚴寒的冬天，醃製鹹菜和菜乾。在春夏之交曬菜心，以便隨時補蔬菜之不足。

菜乾就是乾菜，（我家鄉土話許多名稱都倒一下，例如拖鞋稱鞋拖，罩袍稱袍罩。）滬杭人稱乾菜為霉乾菜。顧名思義，是要略經發酵，才會轉為深咖啡色或黑色，要越烏黑的越香。這也是母親一雙「魔手」特有的技藝。所以夏天裡，左鄰右舍，都來我家要點烏黑油亮的菜乾炒肉末下稀飯吃，非常爽口。

菜乾的醃製過程，不像鹹菜那麼簡單。先要整理出大小均勻的青菜，一棵棵用布擦淨，一片片撕開，加適量的鹽揉透，鋪在簟上吹風至半乾後收入甕中，待若干時日後，開啟時聞到一股觸鼻的霉酸味，再取出切碎，置蒸籠中蒸熟，再取出在大太陽下曬乾，乾得跟茶葉一般，那就放多久都不會壞了。有的人家為了省錢，只曬不蒸的。

我家的菜乾特別烏黑，特別香軟，原因何在呢？那是因為母親在和鹽搓揉時，加入少許「老酒汗」。老酒汗又是我家鄉一種上等酒的名稱，是拿自製的黃酒用大火蒸；滴下來的蒸汽就是「酒汗」，也就是「白乾」，比美國的「約翰走路」香得多了。次一等的叫燒酒，那是由酒糟蒸的，酒性烈，遠不及酒汗來得醇厚。酒汗有防腐之功。此外，母親還加進一些黃砂糖，可以幫助發酵，這是外公教的。外公說，這兩樣東西，別家是捨不得的，這才是「潘宅菜乾」的特色。

三四月裡，田裡的油菜最多時，母親還曬嫩嫩的油菜心。那是將尚未開花的油菜摘下嫩頂，洗淨後在滾水中撈一下，取出瀝去水鋪在竹簟上讓烈日曬乾，完全像現在的脫水菜。然後理得齊齊整整，一綑綑紮好，再用布袋包了，寄到遙遠的北平給父親嘗新。看母親一針針縫布袋時的神情，不只是在做一件工作，而是把一縷縷、一絲絲思念遠人的情意，都和在嫩菜心裡了。

母親做完乾菜心和菜乾，一副心滿意足的樣子。乾菜心是煨肉吃的，她自己很少吃，貴客來了才燒，因為太好吃了，總是吃得光光的，我只能倒點滷汁拌飯吃。

外公來時，母親就一定煨一大碗給他老人家享受，我跪在長凳上看外公大口大口地吃菜。我問：「外公，你為什麼不吃肉呢？」外公說：「娘邊的女兒，肉邊的菜，肉邊菜最好吃，娘邊的女兒最享福。」

直到現在，我每吃肉邊菜就會想起幼年時偎在母親身邊的幸福時光。

菜乾煨肉當然也是一道好菜。鄉下人儉省，除了過年時才煨，平時都是用油渣炒菜乾，炒一大缽子可以吃十天半月都不會壞。記得有一次去鄰居家吃嘗新酒，一盤豬肝都一片片乾得翹起來，底下全墊的菜乾，看看豬肝都發霉了。原來鄉下規矩，豬肝是擺樣子，不能吃的，等嘗新酒的一陣熱鬧過去以後，才拿來炒豆干，還當一道名菜呢。因為鄉下人一年只養一條豬，而一條豬只有一副肝啊。

母親說：「一副肝也好，兩副肝也好，我是不吃這樣血腥東西的。」她吃得最多的是菜乾炒豆乾末。炒得香噴噴的，有時她還用菜乾沖湯喝，像泡菜似的。她一邊喝湯，一邊就念〈菜乾經〉。

〈菜乾經〉的詞兒，我一字不漏地都記得，是這樣的：「菜乾菜乾經，撮把菜乾泡碗湯，喝到心裡妙蕩蕩。西方路上有金橋，有福之人橋上過，無福之人橋下過。妻呀妻，伸手來（念ㄎ一）、帶我去（念ㄎ一）。當初奴家去拜佛，剃掉了頭髮輪飛飛。你搗碎了我的經盤，又撕破了我的粗布衣，該有多罪過啊，你……」

「外公，什麼人剃掉頭髮，什麼人撕掉粗布衣呢？」我傻乎乎地問。外公摸著鬍子呵呵笑道：「問你媽媽吧。」母親總是笑而不答。

此情此景，歷歷如在目前。

柚子碗、盒及其他

現代人凡是能夠過簡樸日子的，都要說一句「你丟我撿」。撿起廢物，可以利用來做出各種實用東西，既省了錢，又可享受創造過程中的無限樂趣。

我母親這位老式的農村婦女，可說是充分發揮了「你丟我撿」的簡省美德的。任何破爛無用之物，她都能化腐朽為神奇，把它們變成家庭不可缺少的用具，或是小玩意，或是小女孩的飾物。母親年輕時一雙十指尖尖的蘭花手，到老來儘管粗糙多皺又多裂，卻也是一雙會變戲法的魔術手呢！

現就記憶中略舉幾樣來說說：

柚子碗、盒

家鄉秋來的柚子是非常肥碩的。柚子成熟時，村裡孩子們都用竹竿敲打，柚子紛紛落地，大家都吃得胃冒酸水了。母親卻吩咐大一點的孩子，爬上樹上，揀那些圓鼓鼓長得勻稱的，小心摘下來，放在籃子裡，用繩子垂下來，這樣柚子就不會跌傷，因為母親是要拿柚子皮做容器的。

她先用刀在柚子齊腰之處，輕輕畫一圈，要瞄得很準，不偏不倚，兜過來剛剛鬥成像地球赤道似的一條線。剝功也很重要，不能性急，要慢慢兒用指甲把皮挑開一點，再用大拇指伸入，輕輕地繞著割縫一圈圈愈轉愈深，直到蒂頭之處，雙手捧著一轉，皮就完整地脫落下來了。趁著新鮮柔軟時，以大小適合的碗套入，一蓋一底。碗不能太小，以免皮乾了會皺。也不能太大，以免皮會綳破，要恰到好處。放在透風之處吹乾，不能曬，曬了皮就變黑，香味也跑了。直等乾透以後，將碗脫下，就成了兩個玲瓏的柚子碗，合在一起就是柚子盒了。

柚子盒非常清香。外公拿它裝旱菸。菸絲也會透著一股柚子香。我呢？拿它裝花生米，端著邊走邊吃，比放在口袋裡弄得一袋的花生皮好得多。母親用一個個柚子碗裝糖果素點供佛。真個是發揮了百寶盒的用途呢。

蓮蓬菸管

杭州西湖的荷花，秋後花謝，結成蓮蓬，那滿包的蓮子，不用說是消暑珍品。大家採蓮蓬，吃新鮮蓮子，剝下來的蓮蓬殘梗，狼藉滿地，總是一把掃進垃圾桶，誰會想到它們還可以對人類做最後奉獻呢？

母親卻俯身揀取蓮梗筆直、蓮蓬頭蒂部完整的，小心剪去蓮蓬頭的大部分，只剩距離蒂頭處一寸餘的斗狀，挖去中間的海棉體，用繩子紮了，一根根懸在廊下吹一天，就可當旱菸管抽了。

蓮蓬菸管的好處是清香去火氣，外公最最喜歡。我故鄉不產荷花，而蓮蓬菸管又不便用郵寄回去，所以外公想到杭州玩時，每回都揀在早秋季節，既可以吃新鮮蓮子，又可以抽蓮蓬菸管。外公來了，都是我為他，剝蓮子、裝菸絲，其樂無比。

父親呢？更不用說了，都是我負責做菸管、裝菸絲。抽完一筒菸，就把灰剔在從家鄉帶來的柚子碗裡。這項工作對我來說，是最饒情趣的遊戲。

那時我已初學作詞，父親出題，命我寫西湖秋景，我只會背兩句別人作的詞：

「數點晨星鄰岸火，殘荷秋後雨聲低。舊路未曾迷。」父親笑嘻嘻地說：「殘荷都被我們做了旱菸管，舊路也迷了——」我也大笑說：「這才是焚琴煮鶴，大殺風景呢。」

父女相依情景，忽忽已是半個世紀以前的事了。

玫瑰露

柳宗元說，讀韓文公文章，要先用玫瑰露漱口，這和歐陽修總要先以蘭草熬湯洗手，再捧出韓文來讀，是一樣地對前輩表示敬佩之忱。蘭草熬湯洗手還不難，玫瑰露漱口豈不是太浪費了，也不知柳宗元哪來那麼多的玫瑰露呢？

我母親會製玫瑰滷，我卻稱之為玫瑰露，以增加美的聯想。

母親將盛開的玫瑰花摘下，倒掛於透風的廊下吹去水分。不可照強烈陽光以免變色及太乾，玫瑰香味將盡失了。

半乾後一片片輕輕剝下撕碎，將冰糖用適度滾水溶化後趁熱投入玫瑰花拌勻（不能用蜂蜜，恐有腥味就不純了）。將拌勻的糖漿傾入玻璃罐中，因有水不會再結成硬塊。數日後，溶液漸呈粉紅色，愈來愈深，玫瑰露就告成了。

我家院子裡玫瑰花非常多，花匠阿標叔每天清晨都會剪幾朵給母親供佛。因佛堂不透風，供過的玫瑰花水分不能放散，顏色也暗了，所以不能用以製玫瑰露，只能把它撕碎和在糕餅裡吃。

母親是個著重實用的人，花兒草兒，都盡量拿來做出好吃的東西。但她別出心裁的細緻心情，卻是當時全村莊其他婦女所不及的。莫說煮鶴焚琴，其實她是吃蓮花的雅客呢。

後來我看了《紅樓夢》的「玫瑰露」、「茯苓霜」，高興地告訴母親，她笑咪咪地說：「當年初（家鄉話從前的意思）的女人家真能幹，哪像我只會拿切菜刀呢？」母親總是這般地謙虛，其實她的一雙巧手，會的事兒可多著呢。

春酒

農村時代的新年，是非常長的。過了元宵燈節，年景尚未完全落幕。還有個家家邀飲春酒的節目，再度引起高潮。在我的感覺裡，其氣氛之熱鬧，有時還超過初一至初五的五天新年呢。原因是：新年時，注重在迎神拜佛，小孩子們玩兒不許在大廳上、廚房裡，撞來撞去，生怕碰碎碗盞。尤其我是女孩子，蒸糕時，腳都不許擱在灶孔邊，吃東西不許隨便抓，因為許多都是要先供佛與祖先的。說話尤其要小心，要多討吉利，因此覺得很受拘束。過了元宵，大人們覺得我們都乖乖的，沒闖什麼禍，佛堂與神位前的供品換下來的堆得滿滿一大缸，都分給我們撒開地吃了。尤其是家家戶戶，輪流地邀喝春酒，我是母親的代表，總是一馬當先，不請自到，肚子吃得鼓鼓的跟蜜蜂似的，手裡還捧一大包回家。

可是說實在的，我家吃的東西多，連北平寄回來的金絲蜜棗、巧克力糖都吃過，對於花生、桂圓、鬆糖等等，已經不稀罕了。那麼我最喜歡的是什麼呢？乃是母親在冬至那天就泡的八寶酒，到了喝春酒時，就開出來請大家嘗嘗，「補氣、健脾、明目的喲！」母親總是得意地說。她又轉向我說：「但是你呀，就只能舔一指甲縫，小孩子喝多了會流鼻血，太補了。」其實我沒等她說完，早已偷偷把手指頭伸在杯子裡好幾回，已經不知舔了多少個指甲縫的八寶酒了。

八寶酒，顧名思義是八樣東西泡的酒，那就是黑棗（不知是南棗還是北棗）、荔枝、桂圓、杏仁、陳皮、枸杞子、薏仁米，再加兩粒橄欖。要泡一個月，打開來，酒香加藥香，恨不得一口氣喝它三大杯。母親給我在小酒杯底裡只倒一點點，我端著、聞著，走來走去，有一次一不小心，跨門檻時跌了一跤，杯子捏在手裡，酒卻全灑在衣襟上了。抱著小花貓時，牠直舔，舔完了就呼呼地睡覺，原來我的小花貓也是個酒仙呢！

我喝完春酒回來，母親總要聞聞我的嘴巴，問我喝了幾杯酒，我總是說：「只喝一杯，因為裡面沒有八寶，不甜呀。」母親聽了很高興，自己請鄰居來吃春酒，一定每人給他們斟一杯八寶酒。我呢，就在每個人懷裡靠一下，用筷子點一下酒，舔一舔，才過癮。

春酒以外，我家還有一項特別節目，就是喝會酒。凡是村子裡有人需錢急用，要起個會，湊齊十二個人，正月裡，會首總要請那十一位喝春酒表示酬謝，地點一定借我家的大花廳。酒席是從城裡叫來的，和鄉下所謂的八盤五、八盤八不同（就是八個冷盤，當中五道或八道大碗的熱菜），城裡酒席稱之為「十二碟」（大概是四冷盤、四熱炒、四大碗煨燉大菜），是最最講究的酒席了。所以鄉下人如果對人表示感謝的口頭話，就是說「我請你吃十二碟」。因此，我每年正月裡，喝完左鄰右舍的春酒，就眼巴巴地盼著大花廳裡那桌十二碟的大酒席了。

母親是從不上會的。但總是很樂意把花廳供給大家請客，可以添點新春喜氣。花匠阿標叔也巴結地把煤氣燈玻璃罩擦得亮晶晶的，呼呼呼地點燃了，掛在花廳正中，讓大家吃酒時發拳吆喝，格外地興高采烈。我呢，一定有分坐在會首旁邊，得吃得喝。這時，母親就會捧一瓶她自己泡的八寶酒給大家嚐嚐助興。

席散時，會首給每個人分一條印花手帕，母親和我也各有一條，我就等於有了兩條，開心得要命。大家喝了甜美的八寶酒，都問母親裡面泡的是什麼寶貝，母親得意地說了一遍又一遍，高興得兩頰紅紅的，跟喝過酒似的。其實母親是滴酒不沾唇的。

不僅是酒，母親終年勤勤快快地，做這做那，做出新鮮別致的東西，總是分給別人吃，自己都很少吃的。人家問她每種材料要放多少，她總是笑咪咪地說：「大約模子差不多就是了，我也沒有一定分量的。」但她還是一樣一樣仔細地告訴別人。可見她做什麼事，都有個尺度在心中的。她常常說：「鞋差分、衣差寸、分分寸寸要留神。」

今年，我也如法炮製，泡了八寶酒，用以供祖後，倒一杯給兒子，告訴他是「分歲酒」，喝下去又長大一歲了。他挑剔地說：「你用的是美國貨的葡萄酒，不是你小時候家鄉自己釀的酒呀。」

一句話提醒了我，究竟不是道地家鄉味啊。可是叫我到哪兒去找真正的家醅呢？

輯三——

異國的仙桃

一餅度中秋

一位朋友的女兒在電話裡對我說：「明天是中秋節啦，祝阿姨中秋節快樂。」難得的是長大在國外的年輕人，還能如此重視中國節日。我呢？來美才兩個月，過的是漂浮不定的寄居生活，連星期幾都記不清，莫說中秋節了。原本是大陸性的美國氣候，此時正該是「金風送爽，玉露生香」的好時光，卻反常地由華氏六十多度突升到九十多度。他們因而稱之為第二個夏天，連秋老虎都沒這般兇呢。在汗出如漿中（住處不便開冷氣），絲毫也沒有「露從今夜白」的美感，也就沒有「月是故鄉明」的傷感了。

去年中秋節在臺北，他公司照例放假半天。中午回家時，他喜孜孜地捧著一盒月餅，對我說：「特地買的名牌月餅，四色不同。有你愛吃的五仁、豆沙，有我愛吃的金腿、蓮蓉。」我馬上抱怨：「你又買月餅，年年買月餅，既貴又膩口，還不如我自己做的紅豆核桃棗糕呢。」他嗤之以鼻地說：「又是你的鄉下土糕。你的糕是方的，我的月餅是圓的呀。」我大笑說：「你真笨，用圓的容器蒸，不就是圓的了嗎？」他只好點頭：「好好，你吃你的棗糕，我吃我的月餅。」

不等我端出中午的飯菜來，他就打開盒子想吃。我提醒他，「要先供祖先呀。」他抱歉地說：「差點忘了。」他凡事都非常自我中心，只有供拜祖先這件事，他總是從善如流。這也是我二人在生活上、思想上最為融洽、最最快樂的時刻了。

說來沒人相信，那一盒四個月餅，我們就像小老鼠似地，啃啃停停，一個多月才啃完三個，剩下一個豆沙的，再也沒胃口吃了。就把它收在冰凍箱裡冷藏起來。開玩笑地說：「明年中秋節再吃吧。」那個月餅，就這麼從去年中秋擺到今年端午，再從端午擺到盛夏。我也好幾次想利用它裡面的豆沙做湯團吃掉，但總沒有心情與時間。直到來美之前，撤清冰箱，才取出這個「碩果」月餅，擱在手心裡摸了好久，猶豫了好久，難道還能把它帶到美國去嗎？只好狠個心扔進了垃圾桶。沉甸甸地噗通一聲，又感到好心疼。

真是無論如何也沒想到，又會來美國過中秋，而且過得如此地意興闌珊。按說以今日朝發夕至的交通，遠渡重洋原不算一回事。可是我是個戀舊得近乎固執的人，好端端地，又把一個家搬到海外，再住上幾年，對我來說，真有一種連根拔的痛苦感覺。但有什麼辦法呢？女人嘛，總得顧到「三從四德」吧。

他今晨笑嘻嘻地對我說：「今天公司裡會每人發一個月餅，給大家歡度中秋。就不知道主辦人在中國城能不能買到跟臺北一樣香甜的月餅，也不知我分到的是一種什麼餡兒的，只有碰運氣了。」對於吃月餅，對於月餅餡兒的認真識別，他真是童心不改。他最愛吃那種皮子紙一樣薄，滿肚子餡兒的廣東月餅。嘴裡好像老留有幼年時在外婆家吃第一個廣東月餅的香甜滋味呢。我呢？小時候為了偷吃了一角老師供佛的素月餅，罰寫大字三張，所以我的那段記憶遠不及他的快樂。也許因此種下了不愛吃月餅的心理狀態吧？

他上班後，我在想是不是再來蒸一盤紅豆棗糕應應景？何況是我最愛吃的。可是米粉呢？紅豆、棗子呢？都得遠去中國城買，得換三次車才到，哪裡像在臺北時跨出大門，過一條大街，五分鐘就買回來了。還有蒸鍋盤碗等等，都得向房東借，太麻煩了。只得嗒然放棄一時的興頭，專心等他帶回那一個月餅了。

他下午比平時早一小時回到家，手裡小心翼翼地捏著一個錫箔紙小包，興匆匆地遞給我說：「呶，月餅。今兒大家提前下班回家過中秋。」他喜孜孜的笑容，就跟在臺北時捧著一盒名牌月餅進門時一模一樣。我打開紙一看說：「啊，是蘇式翻毛月餅嘛，我倒比較喜歡蘇式的，你呢？」他說：「蘇式、廣式還不都是月餅，我們吃的是月，不是餅呀。你看這雪白的樣子，不是更像月亮嗎？」他真懂得享受人生，懂得隨遇而安的樂趣。

我只做了一菜一湯（居處未定，一切從簡）。洗一碟葡萄，再擺上唯一的月餅。恭恭敬敬地向我們在天上的父母拜了節，就開始吃我們豐盛的晚餐了。月餅雖非臺北名牌出品，但豆蓉不那麼甜得膩人。餡兒像豬肉又像牛肉末子反比金腿可口，也不知是「物以稀為貴」呢？還是人在他鄉，心情不同。總之，吃起來別有一番滋味在心頭。

飯後原打算出去散一回兒步，可是天氣驟變，霎時間下起滂沱大雨來。氣溫也直線下降（寶島的海洋性氣候都望塵莫及呢）。「中秋無月」，遇上杜甫或蘇東坡等古人，就得吟詩一番，以表遺憾。可是現代人對於月球坑坑洞洞的臉兒，已經不稀罕，中秋有月無月，也就不再關懷了。

何況一陣豪雨過後，暑氣全消，這才是「已涼天氣未寒時」的光景。天公究竟識時務，不會讓你一直過秋天裡的夏天的。我寧願在燈下閱讀，靜靜地度一個冷落清秋節，又何必舉頭望「美國的月亮」呢。

一道菜、一個月餅，就度過了異國的中秋節。可是我還是好懷念在臺北臨行前夕，從冰凍箱裡取出來那個石頭樣僵硬的豆沙月餅，我萬不得已地把它扔進了垃圾桶，那沉甸甸的噗通一聲，還一直敲在我的心頭呢！

——七十二年中秋夜於紐澤西州

再做「閒」妻

六年前他調差來美，我追隨他過了三年優閒生活。因為沒有正當職業，吃的是一口閒飯，做的是名副其實的「閒妻」，倒也照顧得他「無微不至」，以求無愧於「閒妻」的美稱。

回臺灣後我就有自己的生活圈，終日忙忙碌碌的。他有時也抱怨，連中午一個簡單的飯盒，還沒在美國時做的可口漂亮。我回答說：「那時是專業，如今是兼差呀。」他也只好湊合著吃了。這次，他再度調差來美，我也只有義不容辭地再度追隨，做我的專業「閒妻」了。

初到時，我們搬了兩次家，第一次租的房子，是房東剛買下的一幢庭院舊屋。後院裡荒草沒脛，百廢待舉。連冰箱、洗衣機都壞了，房東一家打工賺錢忙，無暇修理，一時也未買新的。我們自己呢？必要的廚房用具如電鍋等等，還都封在紙箱裡寄放在他同事家地下室。缺少了這三件最方便的電氣設備，洗衣做飯都得仗「手工」，菜也得現炒現吃，而且隔天跑超級市場。我這個閒妻，就不怎麼太閒了。

幸得我一向自許為「今之古人」，對於當年農村時代那樣的手洗衣服，與在灶上煮飯的情景，還頗為留戀。也自認為頗有心得，倒可借此重溫一下舊日的生活。於是我施展出農婦的本領與美德，慢條斯理地把他的襯衫和內衣，一件件用手洗得乾乾淨淨（當然也由於現代的清潔劑效率高），再一件件掛在後院大太陽底下曬乾，或風中吹乾，那股子太陽香豈是從烘乾機中取出所能有的？至於煮飯呢？量準了水，看好了火，慢慢兒地烘，烘出來的飯又香又軟，尤其是鍋底一層恰到好處、薄薄的鍋巴，對我的胃病反而最相宜，這又是電鍋飯所做不出來的。菜呢？因無冰箱，當然每頓都現炒，每頓吃完，吃得他非常滿意（哪個大男人喜歡吃冰箱裡端進端出的剩菜？剩菜都該是做太太的專利品）。

他幫著收衣服時總是很高興地說：「這些內衣越洗越白，跟新的一樣，可見華人洗衣店廣告『手洗』人工的可貴。」他就不知道老妻雙手將生硬繭矣。

吃飯以前，明明飯已烘得熟透了，他總要走來打開鍋蓋，尖起嘴唇使力一吹，說：「哦，好了，可以吃了。」我問他這是什麼道理，他得意地說：「記得我母親當年煮飯，總要打開鍋蓋這麼一吹，傾耳聽聽那聲音，就知道飯是不是透心了。」我問他：「你倒說說是怎樣一種聲音呢？」他神祕地說：「只可意會，不可言傳。」我說：「好，那麼以後的炊（吹）事就歸你主持了。」

殊不知他這一吹不打緊，卻因手忙腳亂，時常打翻我爐邊的醬油瓶酒瓶等等，害得我更為手忙腳亂。如此看來，所有的閒妻，事實上都很少能真正得閒的。

倒是有一次，很感謝他對我的「精神支援」。我正在伏身洗衣，搓得腰痠背痛。口又乾，正想就著水龍頭接點冷水來喝。猛抬頭卻見他端了滿滿一杯橘子水，急匆匆地說：「快喝吧，真正的鮮橘水，特地為你買的。」我接過來喝了一口，唔，鮮橘水，不一樣就是不一樣。那股子清香味兒，有如玉露瓊漿，涼沁心脾。我喝了幾口，就遞還給他說：「你喝吧，你最講究營養，喜歡喝真正鮮橘水。我嫌太濃了。」他生氣地說：「看你那『今之古人』的作風又來了。不要太辛苦，難得享受一下嘛。」我無可奈何地說：「你先喝吧，剩點給我就可以了。我的胃裝不下。」我們就這麼舉「杯」齊眉，難得相敬如賓地喝完這一杯玉露瓊漿。相信他一定以為我像大力水手似的，吃了菠菜罐頭，雙臂力大無窮，洗衣服再也不會痠痛了。

還有燒菜的事兒，我們都愛吃魚，但從超級市場買的魚，看似新鮮，燒來卻很腥。只好炒成魚鬆，倒是香香脆脆，非常開胃。只因魚不像中國城買的新鮮，薑酒之外，還得稍稍多加點鹽。有一天，我靈機一動，把魚鬆撒在蛋炒飯裡一攪拌，竟然像臺北有一家館子裡有名的「鹹魚炒飯」，非常好吃，吃得我們胃口大開，飯後不免喝了好多水。他的評語又來了：「你呀，飯菜愈燒愈鹹，你不但是『閒妻』，簡直是『鹹妻』嘛。」我說：「我是從農村長大的。鄉下女人燒菜都很鹹，省錢嘛。你沒聽說過一個笑話嗎？一個母親把一條鹹魚掛在廚房的柱子上，讓孩子們只看一眼，挖一口飯，妹妹告狀說哥哥看了兩眼才挖一口飯，母親罵他會鹹死。可見得中國的農村家庭有多簡省。所以燒鹹魚、鹹菜的『鹹妻』，才是會勤儉過日子的『賢妻』呢。」

他只好搖頭歎息道：「你呀，真是一位頑固的『今之古人』。」

鼠年懷鼠

我對於有生命的東西，除了蟑螂蚊蠅，不得不撲滅之外，其他的連人人都喊打殺的老鼠，也不忍加以傷害。這當然是十分「愚夫愚婦」的作風。但我之所以會如此，實在是有一段緣由的。

初中時代，美籍老師施德鄰女士教我們讀《小婦人》，讀到二姊蜀，由於有意地把男友讓給最親愛的三妹佩絲，心情不免有一絲絲的矛盾與寂寞。在小角樓裡孤單單地讀書寫作時，一隻小老鼠就是她傾吐心曲的對象，他們乃成了莫逆之交。施老師用抑揚頓挫的音調，讀著這一段文章時，我們全班同學——一群純真易感的小女孩，都感動得掉下淚來。抬頭看施老師，深凹的眼中也似乎閃著淚光。我當時心裡想，她是一位終身不嫁的虔誠基督徒，專心教書與布道，難道她也會有寂寞的感覺嗎？這個疑問，當然始終也無法得到答案。但從那以後，我對老鼠不免產生了一份好感。

沒想到整整三十年後，我們師生又在臺灣重逢。施老師已白髮皤然，可是精神十分健旺。她由於熱愛臺灣，熱愛中國朋友，就決心晚年定居臺灣，以傳教終老。我們幾位同學去新竹青草湖看她，她欣慰地對我們說：「臺灣真好，連青蛙老鼠都那麼親切。傍晚散步田間時，青蛙都會跳到我腳背上來。夜間燈下誦讀《聖經》時，有一隻小老鼠，就會匍匐在桌上陪伴我，當然我得餵牠點巧克力糖或餅乾屑。牠的胃口很小，禮貌又好，相信牠只是為了要陪我，而不是為了吃。」施老師仍舊是當年授課時的幽默神態。談著談著已經到了掌燈時分，我們好想瞻仰一下那隻小老鼠的風采，可是牠並沒有出來。施老師笑笑說：「牠很聰明，知道今晚有你們一群老朋友聊得這麼高興，不會寂寞，牠不用來陪伴我了。」

說到這裡，施老師忽然微喟了一聲，輕聲地說：「一個人在寂寞的時候，最最能領受愛，也最最能給予愛。所以寂寞的心是最最溫厚的。當年在教你們讀《小婦人》那一段故事時，我就有這種感覺。但那時你們太年輕，說了你們也不會懂。」

我望著老師深湛的眼神，和滿頭絲絲白髮，才恍然於老師當年為什麼眼中閃著淚光。也明白即使是終生奉獻於教學與布道的虔誠信徒，仍然也有寂寞的時候。而小老鼠那麼一個小小的生靈，也能體會得人類一顆溫厚的心，而來陪伴她度過寂寞時光。

由於老師的這一席話，我對老鼠，更不忍動捕殺之念。因此六年前旅居紐約時，不時出沒舊烤箱中的一隻小老鼠，被我以花生米乳酪等款待著，我們也漸漸交上了朋友。我曾寫過一篇〈鼠友〉以誌其事。可是到了回臺時，我不得不與牠告別。整理行裝中，牠好多次跳進我的紙箱，雙目瞿瞿地仰望著我，我可以體會得出牠那份依依之情。但我若帶一隻老鼠回國，一定會連自己都入不了境呢。萬不得已，只好把牠捧到後山坡的一個小洞裡，放些糧食在旁邊，對牠祝告：「天寬地闊，此後你自己求生吧。」就轉身急速離開牠，並狠心地把烤箱破洞牠的出入口都封閉了，以免牠再來遭受房東的捕殺。想想自己曾使牠享受了一段安全溫飽的歲月，此後又得過餐風飲露的流浪生活，我為自己的為德不卒，感到歉疚萬分。

那年有一次去愛荷華農莊探望一位美國老友，她安排我睡在一間溫暖的小房間裡。我俯身看見床下擺有一個捕鼠器，彈簧上夾著一塊小小的乳酪。知道屋子裡必定有老鼠出沒，我竟偷偷地把乳酪取下來放在地上，讓牠安全地飽餐一頓離去，因為實在不忍心在深夜聽到老鼠被誘殺時的悽慘叫聲。第二天早晨，朋友察看，乳酪沒有了，老鼠也沒有捕到。我只好笑著據實以告，請她原諒我的無知行為，並把我們中國

「為鼠常留飯」詩句講解給她聽。她無奈地搖搖頭說：「你是我唯一愛老鼠的朋友，幸虧你只是在此短期作客，如果長住我們的村莊裡，大家知道了，真會把你像趕老鼠似地趕走。因為我們辛辛苦苦種的玉米，如果都餵了老鼠，我們豈不是要餓肚子嗎？」說得我羞慚滿臉，無言以對。

可是到了我回臺以後，她有一次在來信中對我說：「想起你那次在我家，客客氣氣地讓老鼠吃飽了回去的傻行為，我每回把乳酪裝上捕鼠器時，心中不免為人類的詭詐感到一份歉疚之情。現在，我索性取消捕鼠器，仔細檢點屋子，把破洞都封閉修補起來，以免老鼠再來。好朋友，我這樣做，你一定比較高興吧。」讀了她這段話，我真是好感動。

這次來美時，起初租的房子有庭院，幾株大樹與一片大草坪是松鼠最好的活動處所。我每天看牠們上上下下，機靈地跳躍、覓食，而且努力掘洞為冬天儲藏糧食，動作非常迅速有趣。我特地買一些花生扔給牠們，牠們坐下來舉起兩隻前腳，捧著津津有味地啃食。看牠們優遊快樂的神情，我深深體會到天地好生之德的一份欣慰。但想想我們臺灣，為了維持生態平衡，保護森林與農田，不得不撲滅松鼠，實在是出於萬不得已。自然界本來就是相生相剋的，益蟲害蟲，原是沒有一個絕對標準的。

我現在的住處是一個新社區，繞屋只有幾叢矮矮的小灌木，幾方新鋪的草地。沒有高高的樹木與廣闊的草坪，自然就沒有松鼠光臨。大家都說新社區好清潔，我也承認。但心裡卻感到有點冷清，一種缺少小動物相伴的冷清，這是否就是寂寞的滋味呢？

但我當然不會愚蠢到去養一隻老鼠來給自己作伴。因為像六年前那樣通人性的鼠友，究竟是可遇而不可求的。

今年是鼠年，不由得又想起那隻安危未卜的鼠友來。不過想想如此卑微的、人人厭惡的小動物，居然能居十二生肖之首。而牠的最大敵人貓，連譜都上不了。鼠若有知，也可以揚眉吐氣了。不過一聽到有人喊：「鼠年滅鼠」，則鼠們將更難逃浩劫，那麼牠的幸，反而是牠的大不幸了。

——七十三年一月三十日

報上見

與投契的文友通電話，道別時我們都會說一聲：「報上見。」那就是彼此勉勵，多多寫稿。能在報上讀到好友的文章，就有如見面談心了。

現代人沒有一個不忙碌，內外兼顧的主婦們尤不例外。她們於一天工作、閱讀之餘，總會有許多感想，願意與朋友傾吐或分享。通電話吧，時間不合適，而且打擾別人的作息時間，尤不相宜。寫信吧，朋友收到信時固然高興，沒有時間回信的話，就成了心理負擔。

有一次，和一位朋友談得好投機，分手時，我說：「我給你寫信好嗎？」她坦率地笑答：「我喜歡收到信，但不喜歡回信。」這正合了古時候一個詩人的話：「慣遲作答愛書來。」可是慣遲作答，怎能盼望多有書來呢？

單行道的書信，能維持長久的，只有兩種情形。一種是追求異性的情書，像奧國名作家褚威格著的《一個陌生女子的來信》。那癡情女郎給她傾慕的男子寫了一輩子的信，從沒盼望得到回音。那一封封情書，真個纏綿悱惻，令人百讀不厭。但那究竟是小說家的幻想呀。在實際人生上，多少次的書信石沉大海以後，也就心灰意懶了。另一種鍥而不捨的書信，就是現代的「孝順」父母給兒女們寫的信。任是不回信，仍舊繼續地寫，且繼之以越洋電話「問候」兒女平安。

我原是個比較愛寫信的人，但近年來也盡量控制自己，少寫信，以免對朋友太多干擾。偶有思與感，就寫成一篇稿子寄到報刊去吧。尤其是身在海外，關懷我的朋友，能看到我作品，雖相距萬里，也就快如覿面了。這就是「報上見」的最大意義了。

說起懶回信，我又不能不數落我那提筆如千斤重的「另一半」。那一年他調職先來美國，我因教書學期未結束，仍在臺北。為了怕他心掛兩頭，每回給他寫信，都把每日的生活細節，不厭其詳地向他報導，寫得是「情文並茂」，心想他一定感動不已。沒想到他的回信像打電報，除了標點不過數十字，末後主要的一句話，並不是「相思無已時，努力加餐飯」。而是「以後來信務要簡短，我事忙又累，無時間看」。我傷心之餘，才對他有「家書數字，惜墨如金」的贈言。幸得我那時在《中華副刊》上的專欄，時常被轉載到國外，他看了非常高興。因為讀了我的短文，了解我的生活狀況與心情，仍有接讀家書之樂，而無回信之苦。因此他也寧願和我在「報上見」，而不必在家書中見了。

現在我又追隨他來美。每天他下班回來，看他那副疲乏的樣子，也就不想和他多說話。我這種塗塗寫寫的人，當然睡得晚，他早晨又走得早，二人同在一個屋簷下，倒有點「參商不相見」的樣子。後來想了個辦法，我如有事向他「報告」或商量，深夜寫張條子擺在他枕頭邊。他回答我或有事「指示」我，清晨留張條子在我枕頭邊。這，不是什麼「枕邊細語」，而是夫妻倒成了「筆友」了。

寫到這裡，倒想起一個朋友的笑話，她說年少夫妻要恩恩愛愛是「相敬如賓」。兒女一個個出生以後，丈夫忙於掙錢養家，妻子忙於撫兒育女，兩人倒顯得彼此冷落沒什麼話說了，於是由「相敬如賓」而變成「相敬如冰」。及至晚年，兒婚女嫁，原當是「年少夫妻老來伴」，有商有量才是，但遇到彼此心情惡劣時，一言不合，不免豎眉瞪眼起來，那就由「相敬如冰」變為「相敬如兵」了。想想我們能成為文謅謅的「筆友」，而沒「相敬如兵」，就算非常值得安慰了。

在臺北時，我寫了稿子，他有個給我「核稿」的好習慣。我必得向他呈閱，經他指點錯字後才放心寄出。來美後他卻沒有這份閒情逸致了。我當然不再呈閱就逕自寄出。待稿子刊出，他在報上看到後，就會從辦公室打個電話回來，對我說：「文章還不錯，很高興，我們在報上見了。」

「報上見」，我們不是筆友是什麼呢？

——七十三年一月十九日

一望無「牙」

「老婆婆打呵欠」，請猜一句成語。謎底是「一望無涯（牙）」。猜對了，你一定會哈哈大笑。但上了年紀的人，笑完以後，也許不免浮起一絲絲悲哀。就是韓昌黎先生那份「視茫茫、髮蒼蒼、齒牙動搖」的悲哀。

韓文公行年未四十，就有這樣衰老的現象。想來是古人實在太用功，焚膏繼晷之外，還有囊螢映雪、鑿壁穿光等的感人故事。如此折騰，眼力當然比今日的小學生惡補還要受損害。

尤其是古代醫學不發達，沒有技術高明的眼科牙科醫師。齒危髮落，只好任由它去。在古人詩詞文章中，好像就沒有提到「眼鏡」、「牙刷」之類的字眼。紅樓夢裡描寫賈府的豪華生活，也沒談起刷牙這回事。賈老太太飯後，只不過由丫鬟捧著銀杯伺候她老人家漱漱口而已。當然賈老太太想已是「一望無涯（牙）了」。

今日牙科醫術如此發達，但牙齒的病例卻似乎愈來愈多。未到知命之年就「沒齒難忘」的人，也不在少數。我想這與飲食的複雜有關。還有個原因就是忙。牙齒的病來得慢而不顯著，很難「防微杜漸」，也很少能接受醫師勸告，按時檢查，定時洗牙的。即使有點蛀孔，偶然疼痛，服用點止痛藥就忙著更重要的工作去了。非要痛得要命時才求救於醫師，往往也是非拔不可的時候了。

我現在嘴裡是四分之一的假牙。但真真假假，骨肉不相連。咀嚼起東西來，總有「隔靴」之感。我又老是擔憂，只怕支架假牙的那幾顆真牙，負擔過重，會提早動搖。大夫總是勸我：注意牙齒衛生，刷牙姿勢要正確（要上下刷，不要左右刷），使力要平均，不可過重，每顆牙都要刷到。三餐飯後都刷牙，距離餐後時間不要超過三分鐘，每次刷牙起碼刷三分鐘，這叫做「刷牙三三制」。你說能幾人有此耐心？以我的粗心大意，想來距離「一望無涯」之日不遠矣。但時間過得如此之快速，總像有點不甘心。記得七八歲換牙時，搖搖欲墜的大板牙，用舌尖使力一舔就掉下來了。然後雙腳並排兒站好，上牙就扔在床下，下牙就扔上瓦背，據說牙就會長得整齊。那情景依稀就在眼前，怎麼一轉眼又到掉牙的時候了。只是這回掉牙，再也用不著雙腳並排兒站好，然後把老牙扔進床下或扔上瓦背了。

說起牙科大夫，也各有性格不同。有的大夫有「拔牙熱」，見不得病牙，用小鎯錘敲幾下就喊「拔掉拔掉」。就好像有的骨科大夫，一聽說你哪兒疼痛就叫「開刀開刀」。有的大夫卻苦口婆心地勸你盡可能保留住，真牙究竟比假牙好。我就醫的牙科大夫，就屬於後者。他儘管被人稱為「拔牙聖手」，但並不主動勸人拔牙。偏偏吾友海音，卻是位有「拔牙癮」的人，她硬是要求大夫左一顆右一顆地拔，拔到後來，上下八顆門牙一起拔，「門前清」以後，馬上裝上一口整齊雪白的假牙，「雖然是『清一色』的『全求人』，但是痛快嘛。」她說。我真敬佩她的決心與勇氣。我呢？哪怕只剩一顆牙，只要它還牢固，我就絕對愛惜它，反正一顆牙嘛，洗刷起來也不費事。只是吃大蠶豆時要小心，別讓豆殼兒套上那顆金雞獨立的老牙上。其實到那時候，我焉得不裝上一口的假牙，做一個「美齒婆婆」呢？

如今旅居國外，對牙齒倒是加意保護起來。因為在這裡想治牙可不簡單，不僅費用驚人，與大夫約定時間也不容易。你牙疼時想看大夫，並不是可以一個計程車就到他診所的。美國牙科分工極細，拔牙、抽神經、補牙、鑲牙都不屬同一大夫。你得慢慢兒個別約時間，慢慢兒地等吧。不像臺灣牙科醫師，五項全能地一貫作業。費用比起美國來，真是公道得多了。因此許多旅居國外多年的，都寧願花機票錢回國治牙，又可探親、旅遊，一舉數得。

我目前當然還沒有專程回國治牙的必要，但想起在臺北時，只要感到牙齒有一丁點不舒服，就可掛個電話請教大夫。在這裡行嗎？因此，單就牙齒來說，我在此心理上就沒有安全感。臨行時，大夫曾囑咐少吃冰的、甜的，以免刺激牙會疼痛。可是我最貪吃的美國冰淇淋，豈不又冰又甜。我每回吃時都戰戰兢兢，從舌頭正中央滑下去，盡量不碰到兩邊牙齒。而且吃後一定馬上刷牙漱口。可是左右牙根總時常隱隱作痛，一痛起來就好想回臺灣治牙。每回對他嘮叨時，他總是淺笑一下說：「你哪裡是牙病，實在是懷鄉病嘛。」

被他這一說，我的牙疼得更厲害了。

——七十二年十一月二十八日紐澤西州

五個孩子的母親

我認識一對姓史密斯的美國老年夫婦。他們健康、快樂，活力非常充沛。史密斯先生原是位中學老師，已經退休好幾年了。他說話緩慢而清楚，卻非常地風趣。他喜歡講故事，又會做很多種遊戲，變很多種戲法。單是撲克牌，他就玩了很多種魔術給我看。我這個笨腦筋，居然也跟他學會了幾樣簡單的戲法。他還教我一個加減乘除的猜謎法，把我這個算術最差的人搞得糊裡糊塗的。但是學會以後，卻是屢試屢驗。回來後偶然表演一下，也增加群居生活的不少情趣。為了報答他，我也把小時候從外公那兒學來的幾套土把戲教給他，他大為高興起來，彼此都有相見恨晚之慨。

他說，當老師的，一定要懂得輕鬆之道，要會說笑話，要會耍點小小的魔術，化教室為劇場，上課才快樂。否則，孩子們就會笨得像牛，你自己也會氣得像怒吼的獅子，結果必然是兩敗俱傷。他那套「遊戲人生」的恬然道理，豈只是可以運用在課堂裡呢？

史密斯太太是個心寬體胖的女人，口若懸河，熱心好客。那天她來接我去她家晚餐，要經過一段高速公路。她一邊跟我上天下地地聊著，一邊開著「飛快車」。我有點害怕，她說：「你放心，車子如同我的肢體一般，操縱時根本不必用腦筋。」我問她有幾個兒女，她把手掌一伸，得意地說：「五個。」我「哇」了一聲，表示驚歎。她大笑說：「你不要吃驚。事實上我只有一個兒子，老早已經搬出去單獨住了，我一點也不用掛心他。現在的五個孩子，是我的五條狗。」我又「哇」了一聲。她再度哈哈大笑起來，完全像個天真的孩子。我是個愛狗的人，當然急急乎想見到她的五個「犬子」。

車子一到她家門口，五條狗一齊飛奔而出，又跳又叫，做出各種歡迎的親暱神態。她一隻隻地擁抱親吻，凱蒂、吉米、瑪麗……喊著各種的名字，然後在提包裡取出甜餅，餵到牠們的嘴裡。看她那份歡樂，有勝於含飴弄孫的祖母。

端出咖啡與點心後，史密斯先生說：「我來奏鋼琴名曲給你聽。」就在抽屜中取出一個圓筒筒，裡面是一卷白色紙軸，紙軸上是密密麻麻的細方小孔。他說：「這就是曲子。」我怎麼會懂呢？也不知他是怎麼樣把這卷紙軸裝進鋼琴裡的，只聽得音樂已叮叮咚咚地奏起來。史密斯先生人卻走回來坐在我對面了，我一看鋼琴就像有隱形人在彈奏似地，琴鍵自動地上下跳躍著，看得我目瞪口呆。更有趣的是那五隻狗，音樂一起，就乖乖一字兒排行地端坐下來，全神貫注地歪著頭聽起音樂來了，真是一個奇妙的神仙家庭呢。

我問史密斯先生這是怎樣一種魔術呢？他說：「這就好比現代的錄音帶。軸上的小孔就是音符。軸轉動時，不同的小孔，帶動不同的琴鍵，叩在琴弦上，發出聲音，就是一支曲子。」這是非常古老的一種錄音方式。但我覺得比起現代技法，尤為神奇生動。這使我想起第一次應邀訪美時，在一個熱心款待我的美國家庭中，他們取出一架老骨董的留聲機，放音樂給我聽。唱盤上全是如齒的細針排列著，盤一轉，細針帶動彈簧發出音樂。他們告訴我那是老祖母留下的傳家寶。可見人類愈是面對方便進步的現代文明，愈是懷念舊日，寶愛老骨董。

一曲完畢以後，史密斯太太興高采烈地捧出一大疊相本說：「再讓你欣賞另一種骨董吧。」那厚厚的相片本，都是他們年輕時代的照片，和孩子幼年以及逐漸長大中的照片。她指著每一張，都像有說不完的故事。她丈夫在一旁幽默地說：「你簡單點講吧，你的故事太長，嚇得我們的客人沒有勇氣再來了。」

對著眼前的胖太太，我再不能相信她少女時代會是那麼一位窈窕淑女。可見美國中年婦女，要控制體重，保持身材，是得付出很大努力的。在他們的新婚照片中，新郎也是英俊挺拔，與眼前這位白髮皤然的老人相比，真令人有夢境恍惚之感呢。

可是看他們對逝去的青春，這般地欣賞，對老來的相依相守，如此地歡慰。使我深深領悟，夫妻情愛彌堅，真是人間無上幸福，其他的都無足計較了。

史密斯太太指著一張張不同的少女照片說：「你看，她們都是我兒子的女朋友，幾乎一年或幾個月就換一個新的，他們同居一陣子，不高興就分手了。」

「你為他的婚姻心焦嗎？」我忍不住問。

「我才不呢。」她灑脫地說：「倒是每個女孩子我都很喜歡。我覺得他的運氣真好，好女孩子都被他碰上了。」

「我當年運氣就不大好，碰上了你卻沒勇氣再換了。」她丈夫插嘴道。

「如果你也像你兒子那樣，我當年倒是真要考慮是不是嫁給你呢。」太太對丈夫，真是愈看愈滿意的樣子。

我們在談天時，五隻狗一直圍繞在身邊，女主人拍拍其中傻乎乎的一隻說：「有一天，牠忽然不見了，我真是好急。到處貼條子請仁人君子見到了千萬送還我，我也登了『尋狗啟事』。兒子譏笑我愛狗遠勝過愛他呢。」她一口飲盡咖啡，又繼續說：「有一次，我盡心盡意地做了他最愛吃的甜餅，老遠開車去看他。他一面啃甜餅，一面說：『你怎麼放心把五個寶貝孩子放在家裡，跑來看我呢？』你瞧他，對狗兒都吃起醋來了。」

「可見得他是多麼重視你對他的愛。」

她又滿足地仰臉笑起來。

在溫暖柔和的燈光裡，我看出她臉上的神情，確乎是很欣慰的。美國的老年人，只要身體健康，能吃能玩，都會自尋樂趣。對長大後的兒女，根本沒有存承歡膝下的念頭的。臺灣現代的中國家庭，有幾個兒女能存有反哺之心呢？即使勉強住在一起，又有幾家不是貌合神離呢？

我看看史密斯太太，這位擁有五個狗孩子的母親，加上一位風趣橫溢的老伴兒丈夫，她實在是非常滿足快樂的。至於兒子是否娶親，將來的兒媳是怎樣一個女孩，她是絕不會像中國老母親那麼牽腸掛肚的。

母親節禮物

我手上戴著一枚透明紅寶石戒指，工作時，望著它閃閃發光，煞是可愛。整整一年了，它戴在我手上，它是一件母親節的禮物，是去年的母親節，我把它套在自己手指上。因為，它是我自己為自己買的，一件母親節禮物。

為什麼我要為自己買一件母親節禮物呢？是因為兒子沒有在身邊，他去了遙遠的國外。三年了，他從不記得（也許根本沒想起來），給他的母親寄一張卡片，更莫說禮物了。

他幼年時，每逢母親節，他都會爬上我懷裡，把幼稚園老師教他做的康乃馨，用小胖手搖搖晃晃地插在我前襟的釦子上；然後親一下我的臉頰。念中學以後，他也在每年的母親節，給我做一張賀卡，歪歪斜斜地寫上「祝親愛的媽媽快樂」。直到有一年，他用了一夜的工夫，用火柴棒搭成「快樂」兩個立體的字，送給我作為母親節禮物以後，他就再也沒有把母親節放在心上了。難道，這就表示他長大了嗎？

小時候，他傻乎乎地說過：「媽媽，你不要老，等我長大了，我們一同老。」初中他住校了。給我的信中，他寫道：「媽媽，我好想家，好想你，一想到你，你就音容宛在。」他又說：「爸爸帶我散步，我們手牽手，腳並腳，我們父子手足情深。」他就是那麼地滿腹經綸，成語用得如此地「恰當」，使我看得又笑又哭。

可是現在，他遠在異國，逢年過節不來信，平時更不來信。朋友們告訴我，曾經多次看到他，很健康快樂的樣子。他們說，沒有消息就是好消息，叫我放心。我自然放心，我有什麼不放心的呢？曾經有人說過：「兒子小時候，是你的，長大了就不是你的了。」也有人說過：「孩子小時候踩在你腳尖上，長大了就踩在你心尖上，如果你感到痛，那就是你太脆弱了。」

我真的是脆弱嗎？不，我的心尖雖常感到一陣陣的痛，但我並不掉淚。因為，兒子雖忘卻母親，卻有更多我可愛的小讀者們給我來信。他（她）們有的喊我奶奶、有的喊我阿姨、有的就喊我媽媽。我擁有那麼多的愛，我自然很感動。

憩坐間的玻璃櫥裡，擺滿了各色各樣可愛的小玩意，那都是學生和讀者送我的。

每一樣禮物，都伴著一份豐厚的情誼。撫摸著它們，我有著滿心的感謝和歡樂，又何必老記掛著兒子沒有信，沒有寄母親節賀卡或禮物呢？

自然，玻璃櫥裡仍然擺著兒子為我用火柴棒搭成的「快樂」二字。它雖已歪歪倒倒了，火柴頭的粉紅色，也早已褪得看不清了，可是它究竟是兒子親手為我做的，我將永遠寶愛它，那就很夠很夠了。

我母親在我少女時代時，就對我說過：「一代管一代，茄子拔掉了種芥菜。你現在年紀還小，還戀著母親，再長大一點，你就不在乎了。」母親說這話時是笑嘻嘻的，好像把親子之情看得很透徹。可是我到遠地念大學時，卻無時無刻不想念母親。大學畢業，母親就去世了。我一生抱恨終天，未曾能盡反哺之心，孝順母親。現在我才知道，為何時常感到心頭酸楚，並不只為思念兒子，更是因為悼念母親。

母親！您說的：「一代管一代，茄子拔掉了種芥菜。」並不盡然啊！您逝世四十多年了，我總在思念您，想到您如還健在該有多好？我會如何地逗您快樂，讓您享點晚福。

母親！如今的時代不同了。下一代可以不要我，可是我卻無時無刻不在追念您的撫育之恩。

我手指上的戒指，又在燈下閃閃發光。如果母親您在世的話，我一定是把它套在您手指上，喊一聲：「親愛的媽媽，祝您母親節快樂。」

媽媽，讓鴿子回家

我兒子今年二十七歲，嚴格說起來，已是將近「而立」之年了。他是否「而立」，我這個做母親的也擔憂不了這麼多了。只是他現在離家這麼遠，儘管我自己對自己說：「各人頭頂一爿天，不要牽腸掛肚啊。」可是，我能嗎？

他小時候，我總是對他說：「孩子，快快長大吧。」他漸漸長大了，我卻又對他說：「孩子，你慢慢長啊。」這種心情，恐怕天下母親，都是一樣的吧。

如今，只要一有空，我就會回想起他幼年時一件件有趣的事，頑皮搗蛋的事。想起來就會有時莞爾而笑，有時淚水盈眶。這種情形，相信天下母親，也都是一樣的吧。

我現在就記起一件事兒來了：有一次，看到報上一段關於賽鴿的報導，說有的鴿子在比賽途中，遇到氣候突變，一時迷失了方向，不能按預期時間飛回來；就會被狠心的居民用槍打下來，充當了菜餚。這種情形，實在是非常悲慘的。相信鴿主心痛的並不是名鴿的金錢價值，而是那一份相依相守的情義。

孩子看了以後，半晌呆呆地沒有作聲，我問他在想什麼，他說：「我若是那隻迷路的鴿子，心裡會多難過啊？第一，榮譽沒有了。第二，家沒有了。」他那一臉嚴肅的神情，令人好心驚。不一會，他又說：「媽媽，你寫一篇鴿子回家的故事吧，寫牠經過好多的風險，但終於平安回家了。媽媽，一定要讓鴿子回家啊。」

這回，他是一臉憨厚關切的神情，令人感動。我說：「好的，我試試看。可惜我對鴿子知道得太少，一定寫不好，除非是養鴿子的，才有經驗心得呀。」

稚氣的他，忽然說：「那我們就養鴿子吧，你不是說鴿子的性情最溫和，是代表和平的嗎？」

於是他就決定要養鴿子，我拗不過他，就在一個學生那兒討來一對鴿子，又為牠們買來籠子，養在陽臺上。孩子好高興，全心地照顧牠們，看他變得負責又勤勞，我心中暗喜。可是鴿子長大了，生了蛋，孵了小鴿，繁殖得愈來愈多，公家房子不相宜，鄰居們提出了抗議。孩子也進初中住校，無法照顧了，一籠鴿子不得不又送回給那個學生。孩子星期天回來，茫茫然如有所失。他問我：「媽媽，鴿子會不會飛回來呢？」我說：「我想不會了。因為牠們的舊主人懂得怎樣照顧牠們，牠們會過得更快樂。」他又想起那隻迷途的賽鴿來了，問我：「媽媽，你寫了鴿子的故事沒有？」我惆悵地搖搖頭，他熱切地說：「寫嘛，媽媽，寫一隻鴿子，迷失了方向，經過重重困難，終於找回家了。媽媽，你寫嘛。」

孩子的好心腸令人感動，但我沒有寫，到今天我仍然沒有寫。真的寫不出來。因為，孩子已經長大，去了遠方，他也沒有回家啊。

不知他是不是還關懷那隻迷途的鴿子，還記不記得曾經要我寫一篇讓鴿子回家的故事呢？

——七十二年母親節前夕

最後的兩片葉子

歐亨利有一篇著名的短篇小說，題目是〈最後的一片葉子〉，故事充滿人間溫暖情意，感人至深。我現在呆呆地坐在書桌前，面對的是最後的兩片葉子，也給了我很深的啟示。

去年秋天，從花店裡買回一株小小的仙人掌，翠綠的葉子和硬刺，輻射形地向四面八方散開，非常可愛。我照著店員告訴我的方法照顧它，希望它給寂寞的屋子帶來點綠意。誰知它竟然「水土不服」，葉子開始一天天凋落，最後只剩了兩片葉子，一左一右，非常對稱地像張開手臂，它們不再掉了。這一線的生機，使我再也捨不得將它丟棄。仍舊每天用點點滴滴的水，從頂上慢慢淋下去。就算只剩兩片葉子和一個圓圓的帶刺柱子，也自有一分荒涼而頑強的美。

沒想到立春以後，圓柱光禿禿的頂上，忽然吐出一根像頭髮那麼細的嫩葉來。我真是喜出望外，原來立春一過，真個是萬象回春，中國農曆對節候的計算真是準確萬分。看這麼一株小小的仙人掌，看似奄奄一息，裡面卻蘊含了旺盛的生命，這是何等神奇。此後，它每一二天冒出一片嫩葉，像嬰兒頭頂的胎毛似地，一根根頑皮地聳立著，而那兩片最後的老葉呢？依舊穩穩地伸張著。原來，它們是在吸收陽光空氣，為稚嫩小葉製造營養，保護小葉一天天長大。因此我不必擔心，這兩片最後的老葉，一時是不會凋謝的。它們一定會等待周圍的嫩葉子都長齊，長壯了，它們才會安心地掉落，落在泥土裡，再化為養料，培植它們的下一代嫩葉茁壯。真個是零落成泥，愛心不已。

我看著辛苦的兩片葉子，心裡好感動。父母撫育兒女，總要眼看他們一帆風順地長大成人了，才能放心。生命的意義，不就在這一點對未來的培植與希望上嗎？

——原載七十三年四月二十三日《中國時報》美洲版

快樂的羅拔多

清晨出去倒垃圾，看見一個五短身材的壯漢在打掃停車場，修剪花木。看他是生面孔，大概是社區新來的清潔工人吧。我們互道早安後，他連忙把沉甸甸的垃圾箱蓋打開，幫我把垃圾袋扔進去，蓋好了，偏著頭對它左看右看，得意地問我：「你看它是不是漂亮多了？我把它油漆了一下，斷了的一隻腳也修補好了。」我仔細一看，本來醜陋的垃圾箱果然煥然一新了。他又問我：「你看這樣擺是不是好看得多，和這綠樹成個對比。」他彷彿把它當件藝術品似地欣賞著，一點也不覺得它是一隻「藏垢納汙」的垃圾箱。我不由得對他由衷萌起敬意。我問他：「你是新來的嗎？」他高興地說：「是啊，我已上工三天了。我的名字叫羅拔多。」他抽出原子筆，在手心上寫了 Roberto 這個字，說「要念『拔』，不念『伯』。以後有什麼事都找我，馬桶塞了，電燈插頭不靈了等等的。」我聽了真高興，謝天謝地，那個懶惰又貪杯的義大利佬走了，換了羅拔多。他一看就讓人信賴。像我這樣一個怕碰「電」的人，有這樣一個踏踏實實的人可以隨時幫忙，心裡就有一分安全感。

他告訴我，家住得很遠，每天清早開一小時車來上工，下午五點回去，連週末都不休息，星期一還來兩個小時，主要是把垃圾箱弄清潔。我問他為什麼不向管理處要求給一間屋子。他謙卑地搖搖頭說：「我不做要求，如果他們認為我工作做得好，值得給我一間屋子的話，他們會給的。有了屋子，我當然可以省點汽油，早上也可多睡半個小時。但我卻少了每天下班回去和太太孩子在一起度家庭生活的時間。什麼事都是兩面對等的，你說是嗎？」

他滿足的笑容，健康的體魄，一張娃娃臉，他雖說自己已經四十多，看去卻像三十左右的青年。他用一把小斧頭正想砍去一株枯樹時，卻發現上面有個鳥窩。一隻母鳥有點吃驚地在樹頂盤旋。他馬上丟下斧頭說：「原來這株樹是活著的呢，因為上面有一個鳥的家庭啊。」聽他說得那麼富於情趣，我感動地說：「是真的，它是活的。」他又用手摸摸樹槎處有一個小窟窿，裡面是個蟲窩，密密麻麻的小蟲在蠕動著。他笑笑對我說：「你看，這裡又是個快樂大家庭。這株樹自己枯了，卻在熱心地照顧另外的生命，所以我說它仍舊是活著的，我怎麼能砍它呢？」

他的笑容更散發出光輝來。

一位清潔工，是如此地熱愛他的工作，欣賞大自然中的一事一物，心中充滿愛與關懷，叫我怎能不對他滿懷敬意呢？

在初冬的寒風中，我穿著厚大衣還打哆嗦，他卻只穿一件圓領棉毛衫，我說：「你身體真棒，一點不怕冷。」他說：「勞動就是厚大衣呀。你可得勞動喲。」

快樂的羅拔多，使我一下子也感到精神百倍，就起勁地跑起步來了。

——原載七十三年十二月九日《聯合報》副刊

花與葉

因為不能飼養小動物，只好把感情寄託在植物上。一年來，屋子裡一株株的小盆栽，已經分布得綠意盎然了。它們都是我小心分枝培養出來的，每天用手指摸摸每一盆的土，視乾濕的程度，分別給它們噴水。它們的欣欣向榮，給了我一分自信，覺得自己並不是一個不能與草木通情愫的人。

每回照顧花草，欣賞花草時，我都會想起故友陳克環。她是一位非常懂得生活情趣的人，室內布置，尤具藝術匠心。她曾對我說過，蒔花不只為美化環境，是要與花木有心靈上的交流，所以我們在澆水或整理枝葉時，不由得會對它們唱歌說話，它們的發芽開花，就是對我們的說話與歌唱。她說得一點不錯，我現在雖然大部分時間獨處靜室，而到處浮動的綠，使我在與它們「相看兩不厭」中，時時作著無聲的交談，因而不再有寂寞之感。

對著生意旺盛的盆栽，不免思念起故友克環，她逝世已忽忽三年多了。感慨的是：草木能逢春再發枝，人，真能如松柏之姿，經霜愈茂嗎？

好友送我一小盆曇花，問我會不會養，我說：「不時澆點水就行啦。」她說：「不，曇花很嬌，很難伺候啊，不能曬太陽，不能太乾，或太濕。」但我記得在臺北時的一盆曇花，原是從朋友處分來柴棍似的一小枝。擺在室內總不長，索性搬到天井裡，曬著大太陽，每天澆滿了水，它竟一下子竄得高高的，葉子上爆葉子，愈來愈茂盛了。但是，就是不結蕊、不開花，所以「夜賞曇花」的美夢從沒實現過。最奇怪的是，在臺北時，我養的所有花木，都不開花。朋友送來的茶花，原是開得滿樹的，到我家就一朵朵萎謝了，葉子卻是愈長愈濃綠。連最最愛開花的九重葛，也只長葉子不開花，害我對著鄰居牆頭滿串殷紅的九重葛乾瞪眼。水仙呢，更不用說是裝蒜到底。這個古怪的「風水」，如今又帶來了美國，我的室內也都只有綠葉，沒有姹紫嫣紅的花朵。

所以我知道，這株曇花，想它開花也難。我常用茶滷灌溉它，它的葉子長得又厚又大，像透明的玻璃翠。真是好美。就看看葉子吧，不一定要賞花嘛。

最近，另一位朋友給我捧來一盆不知名稱的盆栽，開著一對婷婷的玉白花朵，煞是可愛。他告訴我要多曬太陽，少澆水。結果呀，一朵花兒匆匆地就枯了，葉子也委靡不振了。我趕緊急救，澆了大量的水，不到半天，葉子一張張又挺立起來，可是枯了的那朵花已回天乏術。怪事卻出現了：另外一朵花，明明是玉白的花瓣，不知何時，竟變成了綠色，綠得跟葉子一模一樣，分也分不清。好端端的玉白花朵，到了我家，會轉變成葉子。看來，我這人是沒有賞花的命啦。

我還曾自作多情地欣賞前人的兩句詞：「如夢如煙，枝上花開又十年。」如今既然枝上無花，也就再無「如夢如煙」之感了。不如轉移老去惜花心，培植青蔥綠樹吧。想來世間萬事都講個緣字，無法強求。何況花與葉都是一樣的「美的奉獻」，我又何必對它們起什麼分別心呢？記得自己的舊句：「寄語春陽秋露，毋分枝北枝南。」陽光雨露，對世間的一切生命都是一視同仁的。我這個同樣受大自然恩澤的人，又何必在花葉之間，有什麼選擇呢？

——原載七十三年十二月九日《聯合報》副刊

靜夜良伴

夜深倚枕閱讀，鼻子尖上忽覺癢酥酥的，垂下眼睛一看，原來是一隻比芝麻還細的小飛蟲，停在「山頂」上休息。這時，我只要伸出一個指頭一抹，牠就馬上粉身碎骨，成為一小點灰土，再用嘴一吹，它就化為烏有了。聽不到牠一聲悲慘的喊叫，看不到牠一絲痛苦的掙扎。在這微弱的小飛蟲之前，我真的是這般偉大，足以自豪嗎？但我心頭卻只有惶惑與悽然，想想自己這幾天裡，左腳輕微扭傷，舉步艱難，就感到十分地無依無助。日前切菜不慎傷了手指，血流如注，痛徹肺肝，心中驚恐萬狀。造物主賦予我們的生命是堅韌的，卻也是脆弱的。讓你在安全中享受生之喜悅，也讓你在危難中作痛苦的掙扎。你縱有無比的勇氣、智慧、毅力，可是在生死關頭，卻是一點不由得你自己作主。如今，我卻要去毀滅一個毫無敵意，也毫無抵抗的小生命，我真為自己的殘忍感到羞恥呢。

我一直這麼想著，看小蟲慢慢地由鼻子尖爬到嘴唇邊，我輕輕把手背伸過去，牠絲毫也不驚嚇，順理成章地爬上我的手背。我仔細地看牠。原來那麼細微的一粒小蟲，竟長得非常端正、秀氣。頭上兩根秋毫似的觸鬚，不時擺動著，小腳在交換搓動，薄得幾乎看不見的兩片翅膀微微張開又合攏，牠是在這一片廣闊的平原上無憂無慮地漫步呢。溫暖的燈光照著牠，在牠一定有如春陽普照吧。看牠這麼地自在快樂，懵然不知死亡可隨時來臨，我，怎忍心不給牠一分安全感呢？不，我並沒資格給牠安全感，如同我並沒資格奪取牠的生命一樣，牠原當有牠生存的權利的。好像是日本的一茶和尚的詩：「不要打牠，蒼蠅正在搓著牠的手、牠的腳呢！」生命是多麼美妙與莊嚴啊！

我呆呆地望著小蟲，牠不時飛起，又不時停下。停在我的手臂上、書上、搖動的筆桿上，透明的小翅膀有時抖動一下，是在伸懶腰吧，我不由得笑了。

我忽然覺得在這夜深人靜之時，自己與小飛蟲，形體上雖是一大一小，生存在同一時間與空間之中，呼吸著同一種空氣，在造物主眼中，都只是朝菌蟪蛄般地渺小。牠雖默然無聲，我們卻脈脈相對，但我似乎感覺得出來，牠把我當作朋友，或者當作是一座山也說不定。總之，牠是愜意極了。於是我傻傻地低聲對牠說：「我疲倦了，要關燈休息囉，明天再見。」牠也似傻傻地聽著。關燈以後，牠就沒再來驚擾我。

第二天，我就把牠忘了。可是一到夜晚，剛捻亮燈，靠在枕上，牠又優閒地飛來了。像個老朋友似地，一下子就直接停在我手指頭上，有點頑皮惡作劇的樣子。我尖起嘴輕輕一吹，真是一陣狂風呢，好抱歉地把牠吹得老遠，牠一定嚇著了，半天不再飛來。可是燈光是溫暖的，空氣是沉靜安詳的，不一會牠又回來了。審慎地停在書頁上，慢慢爬行一陣，感到放心了，才把翅膀收斂起來。我也惡作劇地張嘴用微微的熱氣去呵牠，牠觸鬚抖動一下，沒有飛走，知道我在跟牠逗著玩。真是個聰明的小精靈呢。

牠已是第四個深夜來陪伴我了。但願牠「長命百歲」，樂享天年，讓我們結個忘憂之伴吧。

——原載七十三年十二月九日《聯合報》副刊

黑吃黑

有一天去紐約觀賞畫展，歸途中看見街角一個水果攤位上，鮮紅碩大的橘子與蘋果，頓時使我停下步子來，揀了兩個蘋果，兩個橘子。攤販在給我找錢時，有兩個黑人小夥子也在買橘子。他們邊揀邊剝開來吃，然後一人拿了一個橘子就要走了。攤販說：「對不起，你們還沒付錢呢。」小夥子大為光火地說：「你怎麼可以亂講，我們明明給了錢的。」攤販說：「沒有呀，我在招呼這位客人時，你們一直在挑選，選好了就要走，幾時給了錢呢？」可是他們就是不承認，較大的一個更是豎眉瞪眼的，像吃了大冤枉似的。我看見那個小點的，手心緊緊捏著一張鈔票，原打算是要給的，看攤販正在忙，兩個人就想混水摸魚白吃白拿了。我百分之百確定他們沒付錢，覺得有代攤販證明一下的責任，就忍不住說：「你們可能是忘掉了，好像是沒給呢。」大的那個立刻狺狺然衝著我問：「好像沒給？你看清楚啦？」那副齜牙咧嘴的樣子，我嚇得向後退了兩步。明知自己是個東方弱女子，在這些不講理的黑仔面前，居然想「路見不平，拔刀相助」，必然要吃眼前虧的。攤販馬上滿臉堆笑，連連向他們道歉說：「好好，你們是給過錢，是我記錯了。你們請吧。」兩個黑仔才氣鼓鼓地走了，還回頭把一把橘子皮扔過來以洩憤。

我呆呆地楞在那兒好半天，買好的水果都忘了捧起來，攤販把它遞給我，抱歉地說：「太太，謝謝你的好心，可是看他們那副生氣的樣子，為了你，我馬上向他們認個錯算了。你是外國人，不了解這些情況，我不能害你受驚的。」他又搖搖頭說：「這些孩子，並不是壞，就是已養成了壞習慣，想占點小便宜。父母親也沒時間好好管教他們。」

他說話的神情是那麼地彬彬有禮，低沉的語音中帶著一分無奈。他滿頭的鬈髮，兩鬢有點花白，映著褐黑的皮膚與黑白分明的眼睛。他，也是一個黑人啊！在初冬向晚的寒風中，顯得一副老年人的蕭索與落寞。

我捧起水果袋，與他說聲再見，走進地下車道，心裡一直在想，同是黑人，一樣地有善良兇惡之分。剛才那一幕「黑吃黑」的情景，不就是個顯著的例證嗎？

記得好幾年前，紐約地下車裡一個黑人企圖搶劫乘客，就有另一個強壯的黑人挺身而出，制止了他。總之，同是圓顱方趾的人類，以膚色來分別善惡是不公平的。由於境遇的差異，形成了他們不同的心態與行為，這實在是創造人類的上帝的不公平。黑人唱的一首歌，歌名是〈不要以膚色判斷我〉（Don't judge me by skin），確實深深地唱出了他們內心的悲憤。

——原載《中華日報》副刊

小黑人與一毛錢

這件事，使我想起好幾年前另一幕情景。那時我們住在皇后區，每週末要去自助洗衣店裡洗一次衣服，有一次，一個大學生型的中國女孩，在烘衣服時一直抱怨機器不靈，說自己丟進去幾毛錢，怎麼只轉一下子就停了。義大利老闆娘生氣地說：「機器上面注明時間，你不會看嗎？」說著，竟丟給她一毛錢說：「好吧！還你一毛錢。」女學生沒理會，把衣服塞進大口袋就走了。那一毛錢滾到門邊，就一直躺在地板上，老闆娘也沒去拾回。

那個女學生，我在洗衣店裡看到她不只一次，她和同伴說過國語。可是每回我笑嘻嘻地想跟她打招呼，她總是繃著一張長臉，心事重重的樣子，絲毫也沒有和你打交道的興趣，我也不再自討沒趣了。可是這次老闆娘這樣扔角子表示對她的輕蔑，我心裡卻又很不是味道，因為她是中國人啊！

這時，一個小黑人一對烏溜溜的眼睛，一直盯著地上的那一毛錢，然後輕聲跟正在低頭摺衣服的母親說：「媽咪，那邊有一毛錢。」母親只當沒聽見，她就跑過去撿起錢來，走回母親身邊，母親卻使力敲了她手臂一下，一毛錢落在地上，又滾得老遠的。小黑人大哭起來，我連忙把臉轉開，生怕做母親的不好意思。她摺好衣服，拉著孩子走了，小孩仍依依不捨地回頭望著地上那亮晶晶的一毛錢。

小小一間洗衣店，片刻之間，有中國人、黑人、義大利人，各人都為維持一分自尊心，而彼此之間顯得那麼不協調、不友善。可憐的小黑人，她只心疼沒有撿到可以買棒棒糖吃的一毛錢，哪裡知道人與人之間，會有那麼多衝突與不愉快呢？

——原載《中華日報》副刊

巧克力糖與一加侖牛奶

我在世界貿易中心樓下一個藥房裡買東西，看見一群西裝式樣土氣的中國人，在圍著巧克力糖的籃子邊上，仔細地看、仔細地選，選了又放下，放下又拿起，彼此商量著究竟買哪一種。我聽他們說的是大陸西南口音，不免有一分親切感，知道他們一定是大陸出來觀光的，就對他們點點頭。他們問我：隨便哪一種，都是一樣價錢嗎？我說是的，三條九毛九。你可以隨意地選，加上稅，大概一元多一點。他們商量定了，選了六條，我看他們一共是七個人，這六條巧克力糖還得好好分配一下呢。他們臉上露出很快樂、很滿足的笑容。能夠出國旅遊觀光，花兩元美金買巧克力糖，這種資本主義社會的享受，是文革時期連夢都做不到的。

他們離去時，又問我要去某處如何搭地下車，我就陪他們到地下車進口處，指點他們一番。目送他們走後，我不免在想，他們都是我們善良的同胞，三十年來被封閉在貧窮落後的大陸，一旦開放，接觸到如此繁華富庶的世界，回到大陸，再過那低工資與物資缺乏的生活，他們有什麼感覺？人，誰不想過好日子，他們的心理能平衡嗎？

這使我想起在六十一年應邀訪美時，在聯合國大廈地下室咖啡廳與我一個在中文組工作的學生會晤。那時正是尼克森訪問大陸以後，中共進入聯合國，中華民國已退出聯合國。我們看見兩個穿灰布人民裝的中共女職員，進入咖啡室，在玻璃櫃臺裡張望了好半天各色蛋糕與巧克力糖，彼此對望了好一陣，又望望然走了，沒有買。她們一定都怕對方認為自己禁不起資本主義生活的誘惑而不敢買，也可能是捨不得花錢買。再想想今天那一群觀光客，能一口氣買六條巧克力糖，比起她們來，已經自由開放多了。

從大陸投奔自由的人，都說美國、臺灣都是天堂。滿目瘡痍的大陸，要恢復元氣，要使人民能過自由民主的生活，除非放棄社會主義政體，再努力一二十年。可是他們的領導階層，能有這樣的遠見，和大公無私的器度嗎？

我又想起三年前去哈佛燕京圖書館探望朋友，蒐集資料時，古典書部分的負責人戴先生告訴我，大陸出來一位李姓版本學專家，與他共同工作。初時戴先生陪他去超級市場買食品，他一下子就買了一加侖的大罐牛奶，戴先生對他說：「一個人何必買這樣大罐？買一小罐，喝完再買吧。」他問：「喝完隨時都會有得賣嗎？」足見他的缺乏安全感。這位專家有一陣牙病住進醫院，戴先生為他整理辦公桌，發現地上掉了一張紙條，上面寫著杜牧的兩句詩：「東風不與周郎便，銅雀春深鎖二喬。」從詩意中仔細玩味，多少可以揣摩他矛盾無奈的心理。「東風」指的是什麼？銅雀臺又指的是什麼？東風會給他便利嗎？他可以留下來不回去嗎？他應該「欲斷此生休問天」吧！

——原載《中華日報》副刊

小鎮溫情

住在這個範圍廣闊的新社區，雖然不像上一回旅美時住的地方有中國鄰居，感覺上多點照應，但在這個新鮮、陌生、靜謐的小鎮，卻有一份完全屬於自己的踏實感。

每天他上班以後，整個屋子靜悄悄的，天氣晴朗的日子，陽光從西邊的窗子湧進來。客廳落地窗對面高聳的老人公寓，密密排排的玻璃窗會把陽光反射到我屋子裡，格外地柔和可愛。我只要跨出陽臺做晨操、練太極拳舞劍時，公寓裡總會有白髮老嫗，從窗子裡向我望來，笑盈盈地與我搖手打招呼。在她們眼裡，可能認為我這個「小巧玲瓏」的東方女子，不是個等閒之輩呢。我也不由沾沾自喜起來，一劍在手，越舞越精神，只為了有對面「包廂」裡特別觀眾的欣賞。不知是由於人類本能的表演欲呢，還是由於一份空谷足音的企盼心情？

這裡離鬧區街道很遠，絕無車聲干擾。有的是樹梢的鳥鳴聲，松鼠落在草地上的嗦嗦聲；遠處高速公路上送來的車聲，則似潺潺流水之音。這些美妙的聲音，組成和諧的樂曲，伴我優閒怡悅地讀書、寫作。倦了便拋下書筆，小睡片時，或外出散一會兒步，欣賞鄰家庭院的如茵芳草，似錦繁花。餓了，就從口袋裡掏出心愛的零食，邊走邊嚼。迎面而來的行人，都像是似曾相識的朋友，含笑打招呼說聲好。如果是牽著小狗的老太太，就停下步來和她多聊幾句，因為「狗」永遠是最親切的話題。

我真是滿懷感激，感激他獨力工作，可供我過幾年安閒的家居生活。有時，他也會得意洋洋地說：「國內的女性，像你這樣年齡的，多的是出來探兒孫，或為自己事業出國奔忙。只有你，是我把你帶出來，享幾年清福的。」他把「帶」字說得特別響亮有力，特別提醒我一下，我可得銘感五內，盡心做個好「煮」婦，伺候他的起居飲食哩！

盼望的是他在繁忙工作之餘，能有短短幾天休假，我們才能驅車出遊，領略異國風光，拜訪熱心邀約的好友。尤其是在開車中，他可以發揮百分之百的權威感。我呢？能得他「帶」我「駕車出遊」，於百分之百的安全感中，也只好變得比較婉順了。

在目前尚未能享受假期旅遊之前，我就先安心享受這個小鎮的無限溫情吧！

在我寓所附近，步行十幾分鐘可以到達的，是一間氣派壯麗的花店。當你跨進去時，就像置身在茂密叢林中。各種奇花異卉，令人目不暇給。店主人態度和藹，儘管你每天去，只觀賞而不買，他總是笑嘻嘻地跟你問好，請你隨時光臨。並且耐心地告訴你各種花木的照顧方法，說得很有情趣，也讓你上一堂免費的園藝課。我屋子裡的盆栽能如此欣欣向榮，都得益於他的指點。他說：「養花木最快樂，因為它們對你的報答是非常慷慨的。它們默默地陪著你，使你在沉靜中體味到彼此息息相關的親切。」他說他不願養小動物，因為牠們使人掛心太多。他指指斜對面一間小動物美容院說：「你看，那幾位太太，經常得帶著她們的愛寵來修理毛髮。她們牽著狗，是從不能進我的花店的。」

那間動物美容院，也是我每回經過，必然佇立而觀，久久捨不得走的。那些氣宇軒昂，或小巧玲瓏的名犬，進了美容院，都會自己跳上高高的平臺，等待師傅為牠美容。主人就坐在旁邊的椅子裡，邊聊天，邊耐心看寵物打扮好了，躊躇滿志地牽著回家。但無論如何地養尊處優，牠們走不到幾步，總要翹起後腿來隨地小便一番，狗性不改，也正如人類的「江山易改，本性難移」吧。據說天氣寒冷的日子，老年人無法出來，可以僱人代為遛狗，論時間算錢。美國人掙錢方式也真多呢。我忽然異想天開，無妨為鄰居當個義務遛狗員，可以暫時享受一下有名犬隨身之樂。想到這裡，不由對自己笑起來。

再向前走是一間小藥房。店主人兩鬢花白，穿一身白制服，瀟脫的儀表，很像臺灣以前電視上美國單元劇《醫林寶鑑》的那位主角。我時常去買乳液，他總是關心地問我飲食情形，和應該注意的事項，並為我說明各種維他命的功能。最後的結論也和我們中國人一樣：「藥補不如食補」。他說：「健康之道，第一是一顆快樂寬大的心，第二是有規律的生活。」我笑笑說：「照你這麼說，藥房不是沒有生意了嗎？」他說：「我一點也不擔心我的店會關門，像我剛才說的，有幾個人能做得到呢？我自己也得吃維他命丸呢。」我又對他說：「在臺灣時，聽說美國買什麼藥都得由醫生處方。現在看看，你們各種不必經醫生處方的藥，像傷風感冒、消炎止痛、胃病、眼耳鼻病等的藥，也應有盡有呀。」他說：「當然囉，找醫生哪有找藥房老闆方便，你隨時可以光臨，我盡義務為你講解，不必掛號，不必等待，多省事呀？」說得也真對。想起我在國內時，金華街巷口一間藥房的老闆，就是我最好的醫藥顧問，難得的是他從不介紹我什麼貴藥，也勸我少服藥。我從公保門診領回的藥，像花生米似的一大把，令人望而生畏，有點不敢吃，拿去問他，他總是說，治療的藥物，往往有副作用。有一次，他指出其中一種丸藥對肝臟有很大傷害，我馬上止服了。莫說是藥，一想起公保醫生那副「面目可憎」的神態，對我們「三等」病人（等掛號，等看病，等領藥）一進去不到兩分鐘就給打發出來，病人對醫生產生不了信心與好感，真個是藥「倒」病除，不服也罷。對自己國家，樣樣事想起來都溫暖在心頭，唯有「公保門診」，令人「不寒而慄」。

今天身在異國，能在附近又發現一位像臺灣那位鄰居藥房老闆一樣和善的醫藥顧問，真感到萬分幸運呢。所以我每回散步時，都要經過他店門前，跟他搖手打招呼，看他空著，就進去和他聊天。他如見我多日不去，就會說：「你不散步，我的藥就不靈囉。」

他真是位可親的老人。我和老伴說：「如果我們的公保門診大夫有這樣一張和藹的臉容該多好？」他說：「不一樣呀，公保大夫是替公家做事，他是為自己開店呀。」

搭公車也是一樂。這裡的候車亭，三面都是玻璃門，擋住了風雨，迎進來陽光。你即使不搭車，散步累了也可以坐在裡面休息，和等車的乘客聊聊天。在上下班的尖峰時間以外，班次減少，車也很空，搭車的大都是老年人。我在他們當中，還覺得自己好「年輕」呢。因為我沒像有些老太太們步履蹣跚，在上下車時，我還可以幫著扶她們一把。司機態度十分和善，絕無臺北那副豎眉瞪眼連聲催「快快快」的樣子。他總對你說聲「好」，回轉頭來，看每位乘客慢吞吞地找好位置坐定了，才踩油門開車。下車收票時，一定對你說聲「謝謝，請慢慢走。」每回我下車後，都會再回頭向司機望一眼，無論是白人黑人，他們都是彬彬有禮。想想臺北的公共「氣」車，不知有沒有改進一點？

附近一間小型圖書館，可以隨意進去閱覽書刊報紙。影印工具都非常方便。借書證領取手續很簡單，你只要出示朋友給你寫信的信封，他就給你一張卡片，填上姓名住址，不需其他任何身分證明。我喜歡閱覽的是兒童書，坐在那兒不多久就可看完一本，帶著一顆歡樂的童心回來。管理員很有耐心，她們有時會為你介紹一些新添的書，並問你喜歡看些什麼書。我是一個外國人，英文又不精，當然不能有很多提供。但她們服務的態度是非常誠懇的。想起海音寫的《剪影話文壇》中，引到她自己的一篇文章〈生氣的臉〉說：「某圖書館樣樣都好，只是管理雜誌的部分，卻擺了一位『晚娘』在那兒，要借的雜誌，啪地一聲扔在你面前，借書牌也是老遠扔回來，扔來扔去，倒沒一次掉在地下。」寫得真幽默。她感慨地說：「這種晚娘面孔，到今天還到處可見。」我覺得事實上是有增無減。是不是工商業社會人口太密集，彼此之間空隙太少，就難以維持禮貌了呢？

去郵局寄信也是件輕鬆愉快的事。由於我寄信的次數多，每次郵票郵簡也買得較多，郵局裡一位和氣的女職員已認得我。我也總喜歡把信件交在她手裡，好像比扔進郵筒裡更放心似的。有一次，我一口氣寄了十幾封信，她看了下說，「哦，你真是個寫信專家。你一定有很多富裕的時間吧。」言下不勝羨慕的樣子。她就不知道我有個喜歡投人以「紙彈」的壞習慣呢。只要我一出國門，臺北的朋友就遭殃啦！

有一次，我給臺灣朋友寄毛線編織，她摸了下信封，問是什麼？我說是我為朋友織的圍巾、套襪等等，她說：「哦，好溫暖，但願我也能織。」停了一下，她問我：「不知道你肯不肯代我的小女兒織條圍巾，我會付你錢的。」這真使我難回答，尤其是提到金錢的代價。只好說：「我太忙，恐怕沒時間呢。」她把櫃臺上小女兒的照片轉過來給我看，說：「就是她，你看她多可愛。」她確實好可愛，抱著一隻小貓，笑得那麼甜。我一下忍不住地說：「好，我為她織，五彩毛線，小小的圍巾。」她好高興。第二星期我去時，就把小圍巾帶去給她。她問我多少錢，我說：「給你女兒的禮物，能收錢嗎？」她大喜過望，再三地謝我，真覺得我們中國人的慷慨呢！在他們，時間與金錢都非常重視的。可是在我們，這兩樣與友情相比，就無法衡量了。我與她雖是萍水相逢，點頭之誼，但以「天涯若比鄰」的心情來說，也是結下一段異國善緣，帶回無限溫暖啊！

家有「怪妻」

舊時代讀過幾句書的人，給太太寫信時稱「賢妻」，吟詩遣懷時，稱她為「山妻」或「老妻」，總透著一份灑脫與患難相依的親切。卻幾曾聽見過，有被稱為「怪妻」的呢？

我們雖沒有從「相敬如賓」到「如冰」那種羅曼蒂克的過程，而三十多年來的甘苦，卻是點滴在心頭。他，像個吃了耗子藥的，喜歡搬家。最高紀錄是五個多月裡搬了三次家，曾戲以詞為證：「半歲三遷，窩廬四疊，此際酸辛無數。米鹽瑣事費思量，已諳得人情幾許。」近十年來，他因兩度調差國外，過足了搬家的癮，而我卻累得只剩半條命。不安定感使我性子變得愈急躁，記憶力退化得愈快。出門時丟三落四是理所當然，在家裡也一天到晚尋尋覓覓，渺渺茫茫。東西找不到了，就抱怨家裡鬧狐仙。他說：「沒有狐仙，倒是有個糊塗仙，就是你自己。」「糊塗仙」不就是怪嗎？

他認為我現在過的，應當是難得優閒的好時光。我卻是「人在福中不知福」，天天抱怨房子不在一個平面上，奔樓梯太辛苦。抱怨離市區太遠，搭車購物不方便，抱怨社區不能養小動物，家居沒有傾訴的對象。抱怨越區電話太貴，不能與「話友」暢所欲言。抱怨星期假日郵差休息，郵政效率不及臺灣高。在這樣怨聲載道中，他只有作老僧入定狀，充耳不聞。忍無可忍時，就歎口氣說一聲：「真是家有怪妻。」

「家有怪妻」，聽來多彆扭呀？哪像「家有嬌妻」的旖旎，「家有賢妻」的光彩呢？但這兩者我當然都不夠格，也只好無可奈何地承受了。再怎麼說，總比朱紅大門上掛塊牌子，寫著「內有惡犬」好得多吧！

自我檢討一番，最使他不滿的，是本人的依賴性太重。每回與他一同外出時，就只會跟在他後面亦步亦趨。要我認方向，記標誌，全不放在心上。若是一個人外出時，就得低聲下氣請教他「搭哪一號地下車，出口向左轉還是向右轉。」他總是很權威地交給我一張地圖：「看地圖嘛，出口位置不同，怎麼能認左右？要認東南西北方向呀。」我的天，我平生最討厭的是地圖。在中學時地理不及格，到今天，一看花花綠綠的地圖就要昏倒。一氣之下，自己出去摸吧。畢竟還認得幾個簡單的英文字，倒也每次摸出去又摸回來了。他問我是怎麼個走法的，我顛三倒四地向他報告一番，他邊聽邊搖頭邊糾正，我可是全沒聽進去。下次一個人外出時，依舊是沒頭蒼蠅似地亂撞。於是他說我又笨又怪。

進超級市場買東西，我總是快步直前，見到自己喜歡的、需要的就買。他呢，一定在進門處先拿一張廣告單，戴起眼鏡看上面的廉價品介紹，以及打折扣的優待券，然後按圖索驥，分門別類，一行行搜索，搜索到了，再仔細看上面的說明書，一樣樣作比較研究。有如進圖書館先查書目、索引，再抽出書來細讀目錄、序文。為了買一罐領潔或洗髮水，能夠耗去四、五分鐘的時間，等得我心急如火。他笑我粗心大意，每件事都是浮光掠影，進不了狀況，而認為自己對一切都是抱著「做學問的態度」，看說明書也是增長學識之一途。這麼個「讀書人」，真不知是他怪還是我怪？

再說燒菜吧，他是個肉食者。我呢，雖不是素食主義者，卻總以多吃蔬菜較合衛生之道。他既不能「食無肉」，我就把大量的洋蔥、胡蘿蔔剁末和入絞肉中，再加蘇打餅乾碎末，半磅的絞豬、牛肉，可以做出一大鍋的肉丸。看起來很壯觀，聞起來也香，吃到嘴裡卻是不辨肉味。他問我：「這算一道什麼菜？」我答曰：「漢回葷素獅子頭。」他搖搖頭說：「倒有點三不像。」說得我好傷心。他可知道我揮淚剁洋蔥末，有多辛苦，他反倒說我：「捨簡而取繁，不知愛惜光陰，節嗇精力，豈不怪哉。」

他吃菜主張簡單明瞭，素是素，葷是葷。素菜就吃生菜，既簡速又營養。加的調味料總是各種牌子、各種口味時常換。我呢，不管是法蘭西的、義大利的、俄羅斯的調味料一概拒絕，拌的是一成不變的麻油醬油醋，百分之百的中國味。他又笑我怪，吃生菜就要照洋規矩，怎麼能拌麻油醬油呢？我用唱歌的調子說：「我是中國人，無論到哪裡，我是中國人。」他只好笑而無語了。

如今是電子時代，主婦們操作家務，盡可能以機器代勞。而我偏偏認為雙手萬能，人腦遠勝電腦。何況老是依賴機器，必將變得四體不勤，愈來愈不聽使喚啦。所以飯後那麼幾個碗碟，絕不用洗碗機。但又怕洗碗機長久不用會出毛病，不得不定時地半個月開一次沖洗一下，頗感「身為形役」之苦。洗衣機該是省時省力最方便的。但除了內衣、毛巾與床單等大件之外，比較細緻料子的衣服，我都用手洗。什麼地方有漬印，就用手在什麼地方輕輕搓揉，搓得一點痕跡沒有，機器有這樣聽話嗎？洗淨後，用厚毛巾一捲，把水吸乾，攤開來平平整整，一點不走樣。這還是我念高中住校時的「人工脫水法」，沿用至今，做起來十分地得心應手，也是活動筋骨之一法。他儘管穿得滿意，卻仍為我浪費的時間可惜，笑我是個拒絕現代文明的「今之古人」。

儘管這樣勞動，我仍不免有個東痛西痛的毛病，每天不是偏頭痛，就是手膀痠痛，或是腳後跟痛。走起路來關節還會咯吱咯吱地響，像個機器人。我知道這是年齡關係，絕對不必看醫生。我有個朋友是醫生，真有不舒服，可以電話請教她，買點成藥來服就好，自己祖傳偏方也相當靈驗。至於五十肩、六十肩等小痛，都早已過期無效了。有一次，不小心扭了踝骨，他再三勸我看骨科，照X光，我堅決拒絕。知道「傷筋動骨一百天」，休養一陣自然會好。但總是一拐一拐拖了好久。有一天，他在辦公室忽然胃痛得不能支持，由同事開車送回家來。我急得樓上樓下一陣奔，扭傷處竟霍然而癒，機器人似的咯吱咯吱聲也消失了，全身筋絡都通暢啦。這才是「見怪不怪，其怪自敗」呢。

我還有個毛病，就是怕曬太陽。在臺灣亞熱帶，夏天打傘是天經地義。可是在美國，除了下雨天，大太陽底下絕不打傘。可是我即使去附近買點東西也打傘，路人為之側目，想我一定是個馬戲團裡耍丑角的。他勸我入境問俗，取消打傘。說洋人都特意把皮膚曬成油雞似的，才顯得健康，我說：「我是中國人，皮下組織與洋人不一樣。」他笑笑說：「你呀，是拒絕陽光的怪人。」

有這許多與眾不同之處，被稱為「怪妻」，倒也是「實至名歸」，當之而無愧的，我也就安心「領封」了。

窗外

我廚房的一扇窗戶，視野相當廣闊。每天在廚房工作時，眼睛自由自在地望向窗外。天邊的朝暾晚霞、不遠處的亭亭花樹之外，我倒是喜歡看馬路上的車輛與行人。因為這裡有點小鎮風味，不像紐約市區那麼擁擠與匆忙。因此許多「老人車」像牛車似地慢吞吞，行人也走得從從容容，看去非常有趣。

我寓所與一幢高聳雲霄的老人公寓遙遙相對，每天看一位位老人，優遊自得地散步或開車，前面好像還有無窮快樂歲月的興沖沖神情，真令人羨慕。我常常問老伴：「什麼時候，我們也可以住老人公寓呢？不要自己做飯，不要打掃房子，多享福啊？」他說：「快了快了。退休以後回臺灣，住花園新城的老人公寓，比這裡的還舒服呢。」我忽然感到手裡的菜刀都好沉重。做了幾十年的「煮婦」了，真想吃口現成飯，免得老伴嫌我怎麼菜愈燒愈淡而無味了。

每天大清早，必有一輛黃色校車駛到轉角處接小學生。這些小孩子，都是自己提著書包排隊等車，沒有大人護送。前天大雪以後，一個小男孩因車子還沒來，就跑到雪地裡跑跑跳跳。另一個大一點的也來和他一起玩。不一會兒車子來了，他們急急奔向車門，小的一個先上了，大的孩子一跨上去，急忙又跳下來，跑到排尾站好，那副神情非常可愛。他一定是想起自己原來不是排在前面的，不應當搶先上車。這種守秩序的精神表現令人很感動。

排隊精神，實在是非常值得提倡的。這不但可以樹立良好秩序，增加工作效率，還可以培養一個人耐心與禮讓的美德。其實排隊的時間並不會浪費的，你可以閱讀、可以觀察周遭事物，還可以沉思默想，時間很容易打發的。聽說英國人最喜歡排隊，你只要一個人端端正正在某一個地方定定地站下來，作排隊狀，後面自然就會有人一個接一個地排上來，也不問目標為何。這當然是諷刺英國人呆板的一個笑話。但也可見得英國人守秩序的生活習慣，已成自然了。

我們住的社區，許多房屋還正在建造中。因此工人每天工作不輟。其中有一位年齡最高的管理員，頭髮都白了，他起得最早。不論風雨，他都開一輛小卡車，笑吟吟地高坐在上面，精神抖擻地到處為其他工作地區運送材料。經過我窗外時，我都向他擺擺手，說聲：「嗨，您早。」他真是位壯健的快樂老人。有一天，我問他有幾個孫子。他開心地說：「數都數不清了。反正他們一群來一群去的，我也搞不清哪個是哪個了。因為有的是朋友的小孩，也有鄰居的孩子。他們都愛來找我玩，陪我做工。本來做工就是遊戲嘛。」我問他：「您整天不休息，不感到累嗎？」他有點生氣似地，大聲問我：「你以為我很老了是不是？其實不工作才累呢。」他把我從頭看到腳，一定不順眼我那副勾腰縮脖子，站在門外風地裡只一會兒就凍得受不了的樣兒，我倒有點不好意思起來，他卻高高興興地指著地上新鋪的草坪和新栽的矮樹叢說：「看，這些都是我們種的，現在還禿禿的不好看，過了冬天，就是春天，這一帶就漂亮極了。」

從他閃爍的眼神裡，我好像已看到春天即將來臨了。

托托托，他發動引擎開著運料車走了。鮮紅格子呢夾克，在陽光中映著他的童顏鶴髮，越發顯得健康了。

特載：

在黑白和彩色的網點之後

廖玉蕙

在十字路口簡單問過路後，朋友王希亮居然在錯綜複雜的陌生地，一下子便找到了散文家琦君的住所。進到琦君的屋子，入眼的，是電視機中的臺視新聞，陽臺上，一座大大的衛星小耳朵。

老人家記錯了日子，以為是下個星期的採訪。為了另有約會，無法在訪談結束後和我們共進午餐，琦君女士懊惱不已，頻頻致歉。臨別，除緩步送到大門口外，還深情地踱到陽臺上，倚著欄杆，像個小女孩一般，一再依依揮手，身影瘦瘦小小的。不經意間，我抬眼瞥見瘦弱身影上方的屋頂上，徘徊著淡淡的雲彩，驚訝美東的八月天竟然隱隱已有了秋意。

潘希真或潘希珍？

廖：您最近好像文章寫得稍稍少了一點？

琦：是根本就沒寫了！腦筋遲鈍了嘛！寫不出來了。還有一點是趁機可以多留點時間來拜讀朋友的文章。一看朋友文章，自己就更寫不出來。年齡也不對了，重複的話再寫也沒意思了。

比方說，有個出版社要我寫回憶錄，但是，我一向的作品幾乎就都是回憶的，再寫重複不好。假設那些不寫，就沒東西，乾脆不寫了。

廖：最近身體好嗎？

琦：身體還可以，只是風濕，有時候會犯頭暈。今天身體狀況很好！要不然，有時候犯起來會天旋地轉。醫生也不知道原因，大概是生活有點緊張，現在好多了。

廖：我來紐約之前，有一個網站上的讀者聽說我要來看您，興奮得不得了。這個名叫Eleven的讀者曾為您製作了一個「琦君小棧」的網站。他還提了幾個疑問，希望我能幫他請教您。首先，他請問您的真實姓名是「潘希珍」或「潘希真」？以前教科書寫的是「真」，後來國立編譯館根據一篇您的文章改為「珍」，說希珍乃「稀世珍琦」之意。這問題似乎也困擾不少國高中的國文老師。

琦：實際上，我最早的名字是珍珠寶貝的「珍」，因為，大學時候，我的老師說女孩子老是珠光寶氣的不好，所以幫我改為「真實」的「真」。聲音念起來還是一樣，是「希望真實」的意思。但是我的身分證和許多的證件，都還是用原來的「珍」，所以實際上還是珍珠的「珍」。

廖：您曾在書中提及：親生父親一直留在外地不回家，所以被親生母親視為不祥。想請問您很多篇文章中的那位滯留外地、不肯回家，娶二姨太及三太太的是指親生父親，還是指您的大伯？

琦：我所謂的「父親」其實是指我的大伯，我寫的媽媽就是我的大伯母。我出生時，爸爸出外經商，一直沒回來，我媽媽認為我不祥，就把我丟在地上，是大伯母把我抱起來，從那時起，她就成為我的媽媽，把我養大。所以，我散文中的父親指的就是大伯。我的親生父母在我一歲時去世。

談《橘子紅了》的回響

廖：這一陣子，您的小說《橘子紅了》被改編成電視劇在臺灣的公視播出，引起很多的回響。您對於文學作品改編成電視劇抱持怎樣的態度？

琦：我是很惶恐、也很興奮的，對我來說是很大的鼓舞。我沒寫過長篇小說，一般頂多寫個一萬多字，這是我唯一寫四萬多字的小說。我不知道值不值得將它改編成電視劇，跟主編先生談過，也用電話跟徐立功先生談，他說：「我們選你的作品改編，自有我們的主張。」我說你們要改編是可以的，但是唯一的條件是不可以有色情摻雜在裡頭，他要我放心。後來，我請他把改編的電視劇寄一份來給我，因為我雖然不是很懂，不過，我很喜歡，也可以多學習。他們說寄來的規格可能不一樣，必須經過轉錄，所以，我正等著看。我想，原則上是沒有問題的，他們也讓我很放心。至少鼓勵我，我還會繼續再寫嘛！而且，劇本寫作的夏美華我很熟，她還要再找我的其他作品再來編。

廖：這戲將那種大家族的氣氛醞釀得不錯。不過，聽說衣服太華麗、太貴了，以致沒辦法做很多套。因此，觀眾反應演員常穿同一套衣服，有些奇怪。

琦：是啊！觀眾還是會有一些要求的，不過導演和工作人員也有種種的困難。光是橘園內的橘子聽說就買了好幾噸，我也很感動，李少紅還給我來過信，寄了幾張劇照給我。我說：「怎麼那麼豪華？我們家哪有那麼闊氣！」她說這是應觀眾的要求的，我們要弄得熱鬧一點。我妹妹還跟我說：「姊姊，我媽媽不是這樣。」我說：「這不是寫你媽媽，這是我編的故事。」故事總是半真半假的嘛！

廖：那麼就像您剛才說的，您的作品其實拼湊起來，就很像一本巨型的回憶錄。可以看出您對往事的記憶相當驚人！是記憶力特別好呢？還是曾做了輔助的功夫？譬如作筆記？

琦：我從來沒有作筆記的習慣。我筆頭很懶的，腦子倒是很清楚，什麼舊時代的事情我都記得清清楚楚的，比如說一個人長得怎麼樣，說話什麼形態，我都記得。可是要我把記的東西寫下來，我沒有這個習慣。我現在反倒是「不記近事記遠事」。比方說，我現在出去旅行，也不太記得風景，這也是缺點。所以，現在要寫回憶錄就很難，因為舊時代的片段我都已經寫過的了，現在的，又沒記下來，所以很難寫了。

廖：這實在是了不起，如果沒記筆記，居然能記得那麼多，那您的記憶力果然是很驚人。平常寫日記嗎？

琦：也沒有。

廖：哇！糟了！上散文課的時候，我都跟學生說，琦君女士一定是寫日記或有記筆記的習慣，才會記得那麼多，看起來完全錯了！

琦：各地方常會寄些漂亮的紀念本子來，我每次記事情在本子上，總是記個一、二天就沒有繼續了。

心中有佛，連恨都變成愛

廖：您的文章總是充滿儒家溫柔敦厚的情懷，這樣的情感流露，您覺得是受到教育的影響？還是天生的個性使然？

琦：我想是一半一半吧！我從小生長在農村，左鄰右舍的老先生都是出口成文的，如果背不好文章，他就會給你打手心。我父親給我請了一位家庭老師，我要是不背書，他不但會打我手心，還會要我罰跪在菩薩面前，因為他是信佛的。我印象最深刻的，就是每一次我被罰跪，我大媽就心疼得不得了，總合掌在邊上陪我。我說：「大媽你別站了。」她說：「你跪多久，我就陪你站多久。」我只好跟老師求情。

老師就說：「你現在要懂得，一個人自己要怎樣成就自己、勉勵自己，長輩多愛你啊！」

廖：所以，您覺得是教育的影響？

琦：對，老師就是用這樣的方式，使你印象不得不深刻的。還有大伯，其實是離我們很遠的，二媽也是跟大伯住在北京的。我本來想如果大伯回來，我就不至於這樣常挨打了，沒想到這原來是大伯交代的。我哥哥去世得早，所以，我是大伯唯一的希望。如果再沒有把我教好，大伯會覺得對不起我的親生父母。我想想自己到現在仍沒有什麼成就，實在很難過。

廖：您真是太客氣了！在臺灣的學生幾乎人人都讀過您的文章，都看過您的書的。

琦：我想是因為第一：我文字淺，第二：我都是講他們同時代的故事，所以，年輕的孩子喜歡。第三：在臺灣也待過一段很長的時間，跟他們也經常有過交往。

廖：您記不記得總共出過多少本書？

琦：將近四十本有的吧！連翻譯算進去大概四十五、六本。翻譯的書，通常作者也是朋友。有的朋友的先生是外國人，或者太太是美國人，我很喜歡他們寫的英文作品，就幫他們英翻中，寄給臺灣的出版社。這也是讓人家對我們華人更有好印象。

廖：那麼您持續寫作幾十年了，出版的書籍四十餘冊，我相信如果不是有很強烈的寫作動機，這是很難做到的。您覺得寫作對您來說，代表什麼樣的意義？會不會到後來變成一種習慣，不吐不快？

琦：這就是一種習慣了。人老了總是很囉嗦嘛！免得跟先生囉嗦，所以我就拿出筆來寫。寫完之後，我先生通常是我的第一個讀者，看過之後，往往會說：「不對，這裡跟你平常講的好像不一樣。」我說：「寫作你不懂的！」於是，我們兩人又要吵架。不過，事後想想，我還是會接受他的意見。所以，我們夫妻之間有衝突、有協調，這也是老年的一種快樂。

廖：夏志清先生曾經為文盛讚您的文章，尤其是〈一對金手鐲〉這篇，認為題材和魯迅的〈故鄉〉相同，但沒有了魯迅文章的灰暗色調，拿來和李後主或李清照相較，不但不遜色，甚至境界還高些。另外他認為您的〈髻〉當成為學子必讀的文章。您自己對這兩篇文章的評價如何？可否談談寫它們時的心情。

琦：其實〈髻〉是在寫我二媽，我對她並沒有什麼抱怨，大媽、二媽兩位長輩都各有梳頭的娘姨，娘姨之間的衝突就很多，在廚房裡就吵架，我印象很深刻，所以，就把它寫下來。照說，童年心靈受到創傷的人，會變成恨心很重，幸而我大媽是信佛的，很慈悲。老說：「心中有佛，連恨都變成愛。」我對大伯也沒有抱怨，我哥哥去世，他很難過，娶二姨太也是種種不得已。大伯大媽都很愛我，所以，我常扮演著居中協調的角色。

〈一對金手鐲〉我是寫一位和我同年的鄰居女孩，我和她情同手足。大媽曾把我手上的一對金手鐲分給她一只。後來我到城裡讀書，她在鄉下嫁人了。我再回家鄉時，跟她有了距離，心裡很失落。那時，她已生了孩子。我們同床而臥，她拍著孩子睡覺，我覺得兩個人境遇改變上的不同，心裡很感慨，我就寫了這篇文章。夏志清先生是研究西洋文學的，我說：「我這篇是土作品。」夏先生說：「土有土的好處。」一你在大學裡常常接觸年輕人，一定比較了解他們的想法，以後，我應該向你多請教請教。

拿起筆，想到的都是溫馨

廖：您太客氣了。您的散文裡，對怨恨、憤怒這類的情感似乎是抱定原則不想多寫，固然有人稱讚您的溫柔敦厚，但是，也有人因此批評您的文章因為過度的溫柔敦厚，筆下常成是非不分的菩薩心腸。您對這樣的評論同意嗎？或者有不同的看法？是不是老一輩的文人比較重視社會教化的功能的緣故？您是不是認為文學思維的啟蒙事小，人生態度的導引事大？

琦：我接受，我也承認，老是寫好的一面，天底下哪那麼多好事情呢？可是我覺得，社會上壞事情已經很多了，所以為什麼不把好的一面表現出來呢？有些朋友也會問我：「你每次都寫好的，那你自己不是也會生氣？你生氣說話不見得都是很客氣、很文雅的啊！」我現在經驗多了、體會深了，我想如果我再寫，也會把壞的一面寫出來。不過我先生就講：「算了吧，你這麼大年紀，還去寫壞事情。」所以，這恐怕是很難的，因為這枝筆已經成習慣了，寫好的寫慣的，一寫，心裡想到的都是溫馨的。

另外，我想也有可能是我的筆比較笨，反面或真正惡毒的事，我沒那個文采寫出來。因為婚後這幾十年來接觸的事情都很幸福，沒有遇到什麼壞人壞事，沒有那種深刻體認。所以，雖然覺得隱惡揚善比較好，不過也知道寫作一篇引起讀者興趣的小說，一面倒地全都是善的，人家也不一定接受。所以，我必須要訓練自己的筆，使善惡平衡，才能夠取信讀者。

廖：楊牧先生曾經將您的小品比喻成黑白及彩色的照片，說：「在黑白的和彩色網點之後，活動著一層引人思考的寓意和哲理。這層寓意和哲理隱隱約約，可有可無——有無之間，端視我們誦讀的靈視。」他的意思就是說，您並沒有非常明白地寫出您所要表達的東西，可是讀者可以各自索取所需要的去解讀，有更寬廣的解讀空間。您覺得這樣的解讀是否深得您文章的要旨？

琦：真不敢當，不過他這樣的話可以鼓勵、增加我的信心。

廖：目前，文壇有許多顛覆性的創作，解構、後現代、魔幻寫實……等等，有些人甚至以寫出詰屈聱牙作品為高，文學陷入深奧難解的境界，以致引起許多讀者的抱怨、以為故示詭祕；可是，也有人認為有更多元的嘗試，也是多元社會的常態，是一種創意的呈現，將使文學更形繽紛多彩，值得鼓勵。您的看法為何？

琦：其實我也覺得很奇怪，有些文章也不知道他在寫什麼，我會想是我退步了？跟時代連不上了？還是他故弄玄虛？如果是他故弄玄虛，我並不用去適應每一個作者，但是，我覺得有時候主編可能會想：「天天都登一些適合大家看的文章，為什麼不登一些怪一點的東西，引起別人注意。」所以我想這是窮則變，變則通。想到早期就有一篇很怪的文章，是王文興的《家變》，那時轟動得不得了！在一次的電視座談裡，王文興曾經說：「應該看得懂的，看不懂是你自己的問題。」我就氣不過，寫了一篇關於讀《家變》的文章。但是，我後來想通了，他要這麼做，也是要以「變」來應「不變」，後來他又慢慢走回正常的寫作方式。所以我覺得「變」不要故弄玄虛，如果是一種文學技巧，那也沒什麼不好，因為讀者有他的眼光，有他的適應性，慢慢他們能夠適應的。其實，要「怪」並不難，窮則變、變則通，變了以後要能通，變不通就走死巷子了。所以，我覺得文學是很難的，中國歷代以來也有許多作家是很怪的，就像韓愈的作品也是詰屈聱牙，這恐怕是很正常的。

不過，因為和一些作家和讀者都有聯繫，我也能夠體會到他們寫作的心情，總想爭取到主編能夠看他的文章。可是主編也很難，我聽過一位主編說，有時候開開心心登了文章，卻可能有資深的作家會說：「你登的這什麼文章，看都看不懂！」所以主編也很困擾，究竟是要登一些很通順的文章，還是要包容每一種風格。

腦子要動、口要動、手要動

廖：有些海外的作家總擔心他們的作品沒辦法引起國內讀者的共鳴，而您離開臺灣也有一段時日，卻仍然受到讀者的喜愛。針對這一點，您有什麼樣的建議呢？我看您仍舊看臺灣的電視新聞，顯然對國內的發展很關心，您常和國內的朋友保持聯繫嗎？

琦：事實上我是有點閉門造車，我總是維持我自己原來的風格。不過，我確實和國內的聯繫很多，我固定看《聯合報》，《中國時報》是寄《人間副刊》給我，還有《中華副刊》。所以，我一直和臺灣沒脫節，這樣也可以讓我跟臺灣精神有聯繫，腦子也不會變遲鈍。除此之外，各出版社也常轉來讀者書信。所以，我現在忙的就是回信，回信很重要。我覺得不回人家的信是很對不起的事，就等於你問他、他不回答你一樣。就像從前給敬仰的老作家寫信，他不回信，我就很灰心了嘛！

我還記得以前在臺灣教書時，一次，要去上課前，有讀者打電話找我，他說：「爸爸、媽媽罵我，老師也說我笨，我現在打電話給你，你是我佩服的人，你如不理我，我就去自殺。」這太可怕了！所以，我一下課就坐計程車趕回家，馬上回電話給他，開導他：「不見得每個人都有時間給你回這個電話，不要這樣任性，父母、老師是為了愛你……」我覺得寫作的人有時要負起疏導青年讀者的責任來。所以，有時候我甚至覺得回信比寫作還重要，而且沒有浪費的，你在回信時，心裡常能產生靈感。靈感不會一下子就有，所以筆要勤。我永遠感謝我大學裡的恩師——夏承燾先生，他曾經說：「一個人腦子要勤，要隨時想，不要沒有思想，像豬一樣就吃、睡是不行的。口要勤，要能跟別人交流、對談。」他說不要跟閉著嘴不說話的人交朋友，這種人保護自己太厲害了，不願意跟人家多談也不好。所以，寫作的人腦子要動、口要動、手要動。

廖：所以，寫作的人就是要對人有興趣、要有愛心、有好奇心？

琦：對，就是要跟人有交流。我每次有個念頭，就會跟我先生講，先生就說：「別囉嗦！你寫你的吧！」我就說：「那我跟你就沒交流了！」有時候跟他說話，他一聲都不回答，我問他，他說：「不回答表示沒意見，說話就是要吵架。」做菜給他吃也是，他一聲不吭，我問他，他又說：「不作聲就表示還可以吃，說話就是批評，還是別講。」

廖：哈！男人多半是這樣的。您在海外是不是常常參加當地的文學活動呢？

琦：以前很多，這幾年比較少。剛開始來時，年紀比較輕，興致比較高，行動方便嘛！後來逐漸地我就盡量減少。現在，這邊年輕的一代常常會有新書發表會、讀書討論會邀請我去，我說：「你先把書給我看一下，我有意見再給你書面，有時間就把我的意見念一下，沒時間就算了。」有時候我會說乾脆來我們家聊聊天，大家可以席地而坐，也是一種聚會的方式。這樣，我先生也可以分享。

廖：您對於臺灣的出版創作熟悉嗎？比如說您對哪些作者有比較深的印象嗎？

琦：我比較印象深刻的是潘人木，她的作品有《漣漪表妹》，前一本是《馬蘭的故事》，我對《馬蘭的故事》印象最深刻的，我曾寫了一篇評論文章，而且還特別回臺灣參加《中央日報》舉行的一個潘人木作品座談會。其他的作品，大多是在報上看到。如果有什麼好作品，我就寫信給幫我出書的三家出版社，如果是他們出的書，就請給我寄來；如果是別的地方出的，就請幫我買一本來。所以，可以說我在這裡也是手不釋卷的。

中外文學　新舊交融

廖：我們知道除了熟讀傳統文學之外，在中學之前，您也讀了些十九世紀英美小說，甚至一度還想到燕京大學讀外文系。可不可以為我們談談您的閱讀經驗？

琦：中學時，我的父親是絕對不許我讀新文學的，他認為所有的新文學都是無聊的小說，他不懂這也是文學，就是阻止我看。幸虧燕京大學一位教授，他是文學院院長，是我父親的好朋友。我就在他面前跪下來，說：「許伯伯，你得救救我！」於是，他就勸我爸爸，起碼讓我讀一些新文學的東西。但是，我從學校裡借來的每一本小說都必須經由父親的許可才可以。因為他不懂新文藝，又加上二姨太在旁邊興風作浪，可以讀的範圍很小。到了大學，受到恩師的薰陶，他鼓勵我接觸新文學。我想讀外文系，可是我父親不同意，他說：「你是中國人，應該念中國人的東西，尤其夏教授也是攻中文的，而且又是中文系系主任。」說實話，到現在我還後悔，為什麼當時不念外文系呢！可是人是後悔不完的，只有現在多看看外文！可是，記性不行了，生字查了就忘記。最新的上網，我也不會，我是「漏網之魚」！

廖：您從小被逼讀了很多中國的詩詞文章，而且要背誦，這樣的經驗您覺得有效嗎？

琦：這倒是可以分兩方面來說。小時候背書可以說是：「和尚念經，有口無心。」都是瞎背；可是，現在我終於可以體會到為什麼古人用那幾個字、為什麼用那幾個調子，這才能體會到它的好處。壞處是：甩不開了！古人都寫過，我還再寫做什麼？我說一百字，還不如他說的那兩個字，所以少寫，這也是原因之一。舊東西讀多了，就會有些陳腐，所以我現在盡量少讀。就像瘂弦說的：「你不會背的詩，就不要再去溫習它了，還是接受點新的。」我覺得很對，新舊是要交融的，不要相互排斥，我就差這點。

靈感就像是雪花的一顆心

廖：可不可以談談您現在的寫作，有沒有計畫？您一直以來寫作都是有計畫性的嗎？還是隨性的？

琦：從來沒有的，我有幾本靈感本子，有靈感時就記下來，但是多半都沒有成功。這也是我恩師說的：「靈感就像是雪花的一顆心。」為什麼呢，因為其實雪花在開始的時候也只是一粒灰塵，在空中飛。灰塵本來是很髒的東西，但是有露水、霧水在上面凝結，氣候一變，忽然它就變成一朵雪花了。他說那個「變」就是你的靈性，他說要有這份精神。如果凝不成雪花，就連那一點灰塵都沒有了，對人生都沒興趣了，是不可以的。

廖：我從國內的報上看到一個有關您的報導說，您將回大陸一趟？

琦：我是有這個念頭，但是，也要看我的健康情況。我預計九月中旬回我的出生地溫州。我曾經從臺灣寄錢回去，把老家的房子整理好。留出兩個房間做我的文學館，我在臺灣出版的書都運過去了。我一位表弟編書目分類，地方上也主動捐錢，我和妹妹也出了些錢，在那兒辦了個三溪中學，校長辦事很認真負責，大夥兒都很高興，希望我們回去看看。

廖：回去可能待很久嗎？

琦：不會太久，我是經過上海坐火車直接回去，我最喜歡坐火車。在溫州大約停留半個月，再從溫州到臺灣，比較近，然後從臺灣回美國，加起來約一個多月。

廖：前幾天，採訪王鼎鈞先生，他說明年可能回到臺灣去寫一些東西。您有沒有長期回臺灣的打算？

琦：沒有，因為家現在是在這裡，還有主要是行動不便。這次回去，還得非常健康才行，怕頭暈又犯。

廖：謝謝您接受我們的採訪，祝您大陸之行一路順風。

——原載九〇年十一月九、十日《自由時報》副刊

本文作者廖玉蕙女士，為臺北教育大學語文與創作學系退休教授，專事寫作、演講。多篇作品被選入高中、國中課本及各種選集。創作有：《彼年春天：廖玉蕙的臺語散文》、《接住受苦的靈魂：親愛的，我知道你的痛！》、《穿一隻靴子的老虎》、《當蝴蝶款款飛走以後》、《汽車冒煙之必要：廖玉蕙搭車尋趣散文集》、《送給妹妹的彩虹》、《後來》、《在碧綠的夏色裡》、《純真遺落》、《像我這樣的老師》、《五十歲的公主》、《寫作其實並不難——凝眸光與暗 寫出虛與實》四十餘冊；《母雞奶奶說故事》有聲書和閩南語數位有聲書《火車行過的時》、《人生哪會遮爾仔譀古》、《講一个故事予恁聽》等。也曾撰寫《文學小事：廖玉蕙教你深度閱讀與快樂寫作》、《文字編織——讓寫作更容易的七章策略》、《晨讀10分鐘——親情散文選》、《晨讀10分鐘——幽默散文選》等十幾種語文教材。

曾獲吳三連散文獎、吳魯芹散文獎、臺中文學貢獻獎、中山文藝獎等。

特載：

適合仰望的距離

王盛弘

千禧年十月間，我收到一封發自臺南的信函，陌生的地址、陌生的寄件者，抽出信札，簡潔地轉達給了我一條訊息：「頃接到琦君阿姨來信，告知您的信她已收到，因右髖骨磨損，必須動大手術，待其病癒，再為您回信。」

我曾聽琦君阿姨提過，她每日寫信十餘封，夫婿李唐基先生叨念她，把每天早晨這最好的光陰都拿來寫信了；儘管纏綿病榻，她仍記掛著有信未回，哪怕對方只是像我這樣一個未曾謀面的小讀者。一思及此，我倒躊躇了，不知長年與她通信，帶給她的究竟是安慰還是負擔？

小學畢業、升中學的那個暑假，一個熱天午後，蟬鳴唧唧至死方休，倒更襯得一整座三合院有種被棄守了的荒涼，我爬上久無人跡的小閣樓，搬下一疊唱盤、一落紅色塑膠繩綑綁的書本，抹掉積塵、拆開塑膠繩，發現一本本書的蝴蝶頁上都鈐一枚藍墨水方整大印：雲鶴藏書。這是已經離家獨立的七叔叔的藏書章。邊打噴嚏邊翻啊翻地最後我聚焦於一本光啟出版，叫作《煙愁》的小書，一頁一頁看去，文字化為人物化為故事，化為情感化為愛，我沉迷於一個溫暖、抒情而不失諧趣的世界。

開學後，課堂上讀到〈下雨天，真好〉，唉啊，那個慈眉善目的母親不正就是我的母親的剪影，溫州那座人事謬葛的四合院也有我和美的這座三合院的影子，我便給琦君寫了封信，寄到九歌出版社。

寫信給課本上的作家，似乎也不需要什麼鼓起勇氣之類的暖身或起跑式，自然是因為初生之犢不知道畏怯，也因為自懂事起我便見識了，遠遠地從鄰村「狗屎仔」春生堂中醫診所與扶桑花夾道現身的，那個一身綠的人，能為當鄰長的爺爺送來《中央日報》，為堂姊送來筆友的信件、郵購的《愛情青紅燈》，他能把世界送到我們小小的竹圍仔，自然也能把小小的我自竹圍仔送出去。

不久後收到回音，寫在薄如荔枝果肉上白膜的信紙上，微微透著光，裝在中華副刊的中式信封裡，後來才知道，當時華副主編正是九歌創辦人蔡文甫先生。琦君曾於舊式私塾扎扎實實練過書法，寫得一手好字，時有草書變體，常常不易辨認，據說過去華副有人專責識別琦君的手稿。在這第一封信裡，她複述了我的問題：你說我的年紀比你的媽媽大而比你的奶奶小，不知道該怎麼稱呼，我想你就叫我阿姨吧，許多小讀者都這樣叫我。那一年我讀國中一年級，一九八三，就這樣一來一往地，我這個小讀者與琦君阿姨當起了「筆友」，前後近二十年。

住竹圍仔好鄉下的我，每天清晨踩單車到位於鎮上的和美國中上學，會經過鬧區一座圓環，圓環旁有兩家書店都是學校裡老師開的。

一家叫環球書局，老闆梳油頭，有一雙唇紅齒白孿生子與我同一屆；環球書局主要賣文具與教科書，每於午後日頭西照時店門口會撐開日遮，整家店便籠在金色光暈裡，井然有序、不染一塵，反倒讓人多少有些不自在。另一家叫學友書局，老闆是公民老師，很慈祥藹和沒脾氣的一個人，女兒也就讀於和美國中，和其他老師的子女不相同的是，讀的是放牛班；她的個頭不大，有股野性，很有人當她是個小太妹，但如今回想，一切都只不過是長度和亮度的問題，她的裙子短了點、衣服合身些，短袖袖口還要再往上摺一摺，而她的嘴上塗了唇蜜，眼光晶亮不畏懼與人對望。

學友書局窄而深，略有點昏暗，沿牆有一書架又一書架的爾雅、九歌與洪範，少年時代讀起書來有種天真與狂熱，手上一有了錢一有了時間，便往裡頭鑽。一埋首課外書，儘管能力分班啦體罰啦聯考啦貧窮啦青春的躁動啦，都逼在眉睫，日子仍有夢的質地，未來啊未來我還無法描摹未來的輪廓，但一片光暈等在前方，朦朦朧朧的憧憬與希望。

琦君勤於寫作、出書頻繁，接觸過後，透過出版社的書訊，她的新書一上市，差不多總是上架第一天我便購下，等待下一本書的空檔，就回過頭去讀她的舊作。九歌新書可以得知她的旅美近況，一些清新親切的生活小品，爾雅散文七種，則是她懷舊憶舊代表作。我對琦君的作品一度如數家珍，日本不是有個綜藝節目叫《電視冠軍秀》嗎，我曾打趣，如果以琦君為主題，肯定可以上場較勁。那時候到書局還有個「任務」，我將她的書自架上取下，趁旁人不注意，一一放到平臺醒目處，店員應該很傷腦筋吧，但我瀏覽著熟悉的封面，卻感到滿足。這個舉止一做不知多少年，是我有了自己的書後，也不曾為自己做過的事。

上大學後，與琦君阿姨一度斷了聯繫，直至退役才恢復通信，當時我打算北上覓職，琦君阿姨得知後，熱切地向我推薦了爾雅。

琦君阿姨的信，偶爾會發發牢騷，說哪個出版社的選書標準有點偏，那個誰的作風又有些奇怪，雲淡風輕草草數語，更凸顯了她的率真，但她對隱地先生從來都只有讚美，她要我給隱地先生寄上履歷，「隱地是位很愛才的文化工作者，你誠誠懇懇的信，可以作他的參考。」她教我怎麼寫這份履歷，態度慷慨，兼且慈愛：「你信中可以說說你對文藝工作之熱中，平日的愛好、閱讀方向等，你也可以稍稍提到他出版的好書，和他方向之正確，使他了解，你不只是一個求職者。」人情練達地她又說：「我去信時，不便先提，免他以為我有偏見，或有意推薦，反造成相反效果。」

不過，我初出社會，想試試自己的能耐，自己投履歷、面試，很快進了《陶藝》季刊擔任美術編輯（那還是照相製版的年代），旋即轉任文編，琦君阿姨得知後並未介懷，不久後仍將我引薦給隱地先生。

因為琦君阿姨的引薦，我有機會校對新版《煙愁》，並為這本書寫校後記，進而陰錯陽差地，親炙她的幽默。

評點琦君為人為文的人和文章很多，林海音說她一生兒愛好是天然，思果說她落花一片天上來，亮軒說她有流不盡的菩薩泉，溫柔敦厚、文如其人，哀而不傷、怨而不誹，都中肯，卻沒人提過她的幽默，即連我寫信跟她說，您的散文有幽默的況味，她都回我：「我幽默嗎？」幽默也許不是琦君散文的主旋律，卻並不缺席。

琦君說過，若她寫自傳，首章肯定要題為「泥地上的紫娃娃」，因她出生後，父親滯外不返，母親歸罪於她，大冷天裡將她棄之於地，哭成了個紫娃娃，母親的妯娌見狀，趕忙將她拾起，從此帶在身邊，她就是琦君筆下菩薩化身的大媽；琦君出生於一九一七年，時局板蕩，一九四九來臺，本是北伐名將家裡的官小姐，淪落至住處窄仄到做飯都只能在走道上，沒有餐桌書桌，只好於浴盆上架一張木板權充。面對身世的崎嶇、時代的捉弄，沒有一點幽默感，怎麼能把日子好好過下去？

愛可以是救贖，卻也可能為愛自縛，唯有幽默，才是解藥——琦君婚後，住公共浴室改建的宿舍，水龍頭年久失修滴滴答答，梅雨季裡地板與牆面反潮，她戲稱自己住在水晶宮裡，「水晶宮裡醉千杯，也勝似神仙儔侶」，你看，琦君也有她自我解嘲的一面呢；常出現在她的散文裡的，還有四川夫婿與浙江妻子，加上臺灣女傭，因為鄉音無改與急慢迥異的個性所造成的笑料，幾幾乎就是現成的相聲段子，熱鬧得很、逗趣得很。

又比如，琦君乃浙江大詞人夏承燾的得意弟子，著有《詞人之舟》介紹詞家、賞析作品，但她並未拘泥於古典，梁實秋譯成莎翁全集，琦君填詞相贈，呼應梁實秋餘暇好摸八圈，她以「雙龍抱」、「清一色」等麻將術語入詞，誰說她只有一顆多愁善感的心？「舊時代的根柢，新時代的洗禮」，才打磨出豐富多彩的琦君文學世界。

一九九八年，爾雅打算推出《煙愁》新版本，琦君建議讓我寫個校後記附在書末，隱地先生說，你試試，有話就多說一點，沒話就少說一點。敬謹地交稿後，爾雅隨即發排付梓，書印出來了，我才發現這可怎麼辦我把李唐基先生寫成唐先生了。弄錯長輩的姓氏不是小事，趕緊寫信到新澤西告罪。

很快收到琦君阿姨的回信，和過去一樣信寫得很長，直至信末她才施施然提起：「新版《煙愁》由隱地寄來一本，謝謝你代為細細校閱，並附你的感想文章，我一直要給你寫信而無時間。我們可說是文章知己，你的文章使我非常感動，有你這篇文章附在書中，也可更增強讀者對此書的信心了。你寫錯了李為唐字，沒有關係的，許多人都喊他唐先生，因為他的名字很容易使人弄錯，好在唐朝就姓李，他並不吃虧啊。一笑。隱地說他會改正，你不要過意不去了。」李唐天下，幽默地化解了我的不安。

一般讀者都是先讀到作家文章才去注意作家行誼，但是，我卻是先領略了琦君的幽默，才回過頭看重她文章裡的這個特質。

新世紀，〇二年六月底，我收到鼓鼓的一張信封裡裝了兩封信，一封寫於三月二十六日，A4信紙滿滿兩面，卻在第一行「盛弘如握：」底，空白處加了一行「要重寫此信，不對」，因此有了第二封信寫於六月二十四日，同樣A4大小兩面都寫滿了，啟首是：「一直頭暈，加風濕，人像半條命，一直記掛要發你信，又恍恍惚惚以為已回你信了，今天理抽屜，才發現信寫了並未發，大概是因為太辭不達意，故沒有寄，但無論如何還是寫信吧，重寫也是一樣的亂七八糟的字體啊！」自從千禧年臺南的陌生朋友給我轉來琦君手術的消息後，我怕打擾了她，已刻意減少通信頻率，這一回，思前想後，為了免她負擔，下定決心就此中斷吧。

這是我們當了前後二十年筆友，我所收到她最後的一封信。

在這最後的一封信裡，琦君阿姨說：「你是我年輕的至交，我非常重視我們的友情。」並在「我非常重視我們的友情」幾個字旁畫線表示重點。

兩年後，琦君阿姨自新澤西返臺，定居於淡水，九月中旬在臺北復興南路三民大樓舉辦見面會。〇二年琦君回臺時，曾問我要不要到亞太會館與她一聚，當時我沒有現身，但這一次，一得知消息，一向與文學活動刻意保持點距離的我熱切地趕了過去。

這是我第一回看到琦君阿姨呢。她全程都沒有發言，坐輪椅上，身體孱弱，精神疲累，端賴李唐基先生打點一切。會後大夥兒拍照，許多人湊過去跟她打招呼，她被簇擁在讀者之中，我站遠處靜靜地看著。我安於當她的一名小小的仰望者，隔著大洋隔著光陰，隔著文字隔著人群，能夠這樣遠遠地凝視她像遠遠地凝視夜空中一顆明亮的星星，這是最好的距離，我感到十分滿足。

正準備悄悄離開時，黛嫚姊發現了，喊我過去。李唐基先生精神矍鑠，很高興地握了我的手，「王盛弘啊，終於見到你了，真好真好。」我傻傻地問他怎麼知道我，李先生爽朗地說：「我當然知道你啊。」

琦君阿姨也一眼認出了我，顫巍巍地要自輪椅上站起身來，我趨前，她伸出雙手緊緊包覆住我的雙手，好像過去二十年我寄給她的每一封信都像一塊拼圖，她已經正確無誤地拼成了我的完整形象——然而，這只是我的想像，事實是，她的眼中有一脈溫柔的純真與疑惑，嘴裡喃喃念著，「王盛弘啊」，她在腦海裡尋思，「王盛弘啊」。我知道，她只是覆述旁人的話，她已經不記得我了。

——收錄於《雪佛》，馬可孛羅，二〇二二年

名　家　名　著　選　2　8

母親的金手錶

國家圖書館出版品預行編目（CIP）資料

母親的金手錶 / 琦君著 . -- 增訂二版 . --
臺北市 : 九歌出版社有限公司 , 2022.10
面；　公分 . --（名家名著選 ; 28）
ISBN 978-986-450-487-9（平裝）

863.55　　　　111014025

作　　者——琦君
創 辦 人——蔡文甫
發 行 人——蔡澤玉
出　　版——九歌出版社有限公司
臺北市八德路 3 段 12 巷 57 弄 40 號
電話 / 25776564 傳真 / 25789205
郵政劃撥 / 0112295-1

九歌文學網　www.chiuko.com.tw

印　　刷——晨捷印製股份有限公司
法律顧問——龍躍天律師 · 蕭雄淋律師 · 董安丹律師
初　　版——2002 年 1 月
增訂一版——2012 年 4 月
增訂二版——2022 年 10 月
定　　價——350 元
書　　號——0107028
I S B N——978-986-450-487-9
9789864504923（PDF）